小説 津田梅子

ハドソン河の約束

米国女子留学生による近代女子教育への挑戦

こだまひろこ

新潮社
図書編集室

目次

装幀／郷坪浩子
カバー写真／ハーツホン・ホール（津田塾大学津田梅子資料室所蔵）
別丁大扉写真／津田梅子　11歳頃、フィラデルフィアにて（津田塾大学津田梅子資料室所蔵）

小説　津田梅子　ハドソン河の約束

米国女子留学生による近代女子教育への挑戦

主な登場人物

津田梅子《つだうめこ》*
六歳で「米国女子留学生第一号」にて渡米。ワシントンD.C.の郊外ジョージタウンの日本公使館の書記官かつ画家であり文筆家のチャールズ・ランマン宅に十年間滞在。帰国後、二十四歳で再び渡米し、ペンシルベニア州フィラデルフィアのブリンマー大学に留学。女性の自立を掲げ三十五歳で「女子英学塾《じょしえいがくじゅく》」（現在の津田塾《つだじゅく》大学）を創設する。

山川捨松《やまかわすてまつ》（大山捨松）
十一歳で「米国女子留学生第一号」にて渡米。コネチカット州ニューヘイブンのレオナルド・ベーコン牧師宅に六年間滞在。その後、二十二歳でニューヨーク州の全寮制の名門ヴァッサー大学を首席で卒業。コネチカット看護婦養成学校で看護学も学ぶ。帰国後は、大山巌《おおやまいわお》陸軍大将の後妻となる。津田梅子を生涯支える。

永井《ながい》繁子《しげこ》（瓜生繁子）
九歳で「米国女子留学生第一号」にて渡米。コネチカット州フェアヘイブンの歴史家でもあるジョン・アボット牧師宅に滞在。十九歳でヴァッサー大学音楽科を卒業。留学中に海軍省の瓜生外吉《うりゅうそときち》と婚約、帰国後に結婚。日本初の女性音楽教授として二十年間勤め、ピアニストや音楽教師を育てる。自らコンサートも開催、職業婦人として活躍する。梅子を生涯支える。

アリス・ベーコン
山川捨松の滞在先であるレオナルド・ベーコン牧師の娘。捨松より二歳年上で捨松と本当の姉妹のように育つ。梅子、捨松、繁子との交流から、日本女子教育に貢献する。「女子英学塾」創設のため来日、無償で梅子に協力する。帰国後に『A Japanese Interior』『Japanese Girls and Women』を出版する。

メアリー・モリス
ペンシルベニア州フィラデルフィアの大富豪、ペンシルベニア鉄道の経営陣の一人ウイスター・モリスの夫人。プロテスタント系フレンド派の実力者として、海外への布教活動をはじめ、新島《にいじま》襄《じょう》、新渡戸稲造《にとべいなぞう》など在米日本人との交流も多数。「American Scholarship for Japanese Women」（日本婦人米国奨学金制度）及び「The Philadelphia Permanent Committee for Tsuda College」（ツダ・カレッジのためのフィラデルフィア委員会）の委員会会長。

ケアリー・トーマス
ペンシルベニア州フィラデルフィアのブリンマー大学学長。コーネル大学、ジョンズ・ホプキンス大学に学び、三十二歳で、スイスのチューリッヒ大学で最優秀の博士号を取得。米国において初の女子教育のパイオニアとよばれる。梅子が在学中に、その学業や資質を見抜き、日本での女子教育を目指す梅子を支える。

アナ・ハーツホン
プロテスタント系のフレンド派の布教を目的として、父親の医師ヘンリー・ハーツホンと共に三十三歳で初来日。津田梅子との友情により「女子英学塾」にて教師となる。関東大震災で校舎が全焼の後、支援を求め六十四歳で単独で渡米。「女子英学塾」の四十年間の教師生活は無給であり、親族の残した莫大な遺産から毎年寄付を続けた。

※本書における「米国女子留学生第一号」は「官費で派遣された女子留学生の第一号」を指します。

プロローグ

明治十六年（一八八三）十一月、完成したばかりの鹿鳴館《ろくめいかん》で、新郎の薩摩《さつま》藩士《はんし》で陸軍大将の大《おお》山巌《やまいわお》と、新婦の会津藩士山川重固《やまかわしげかた》の娘の捨松《すてまつ》との、盛大な結婚披露《ひろう》舞踏会《ぶとうかい》が開かれた。二人の結婚式の招待状は新郎新婦の得意とするフランス語で書かれていた。

明治の近代化の幕開けを思わせるその披露宴には、井上馨《いのうえかおる》、伊藤博文《いとうひろぶみ》、大隈重信《おおくましげのぶ》、渋沢栄一《しぶさわえいいち》をはじめ、明治新政府を動かすおよそ八百人の政界人や財界人、二百人の各国の駐日公使夫妻など、千人を超える人々が招かれた。

到着した馬車から次々と降りるのは、華やかなドレスや礼服姿の紳士淑女《しゅくじょ》たち。招かれた政界や財界人の妻たちはかかとを上げた不慣《ふな》れなハイヒールを履き、ウエストをこれでもかと絞ったロングドレスに身を包んでいた。

ドレスはスカート後ろ部分にふくらみをもたせた「バッスルスタイル」が流行していた。ほとんどの婦人たちは、洋装は初めての経験である。西洋式の礼儀や作法などわかるはずもないが、この煌《きら》びやかな雰囲気にこころをときめかせていた。

新婦の捨松の親友である津田梅子《つだうめこ》は、父親の津田仙《つだせん》と共に鹿鳴館に向かっていた。梅子は、米国から持ち帰った小さなビーズのハンドバッグから披露宴の招待状を取り出し、何度も見直した。披露宴の始まる時間が迫っていた。鹿鳴館の門前に馬車が着くと、中からピアノやバイオリンの優雅な音色が聞こえてきた。

梅子と仙は、入口で案内人に挨拶を済ませて中へ入った。最初に目に飛び込んできたのは巨大なシャンデリアの輝きであった。日本人に交じり、あちらこちらから、駐日公使たちの英語やフランス語などの会話が聞こえた。壁や棚に豪華な装飾が施《ほどこ》された室内は、日本の日常を超えていた。梅子たちは、幅広い階段を上がり二階のホールに入った。

梅子が、ひときわ生き生きとした新婦の捨松を見つけるのに時間はかからなかった。捨松は、英語やフランス語、時にはドイツ語で諸国の外交官たちと冗談《じょうだん》を織り交ぜながら会話をしている。日本女性には珍しい長身の捨松は、えんじ色のビロードのロングドレスを着こなし、その姿は誰よりも輝いていた。

やがて、室内楽団のクラシック音楽に合わせて新郎の大山巌と踊り始めたそのダンスは軽やかであった。西洋のダンスの術《すべ》を身につけている新郎新婦。ステップを踏む二人は実に堂々としている。それは、華麗《かれい》でため息が出るほど美しく、すべての招待客を魅了《みりょう》した。

鹿鳴館は、薩摩江戸藩《えどはん》邸（現在の千代田区内幸町《うちさいわいちょう》）跡に建てられた。対外交渉としての役割を持った鹿鳴館建設の計画を推進したのは、外務大臣の井上馨であった。

英国の建築家ジョサイア・コンドルによる、二年の歳月をかけた煉瓦《れんが》造りの西洋建築である。室内には巨大なシャンデリアが輝き、壁の装飾も粋《すい》を凝《こ》らしてある。バーやビリヤード場、宿泊施設も併設され、すべてに贅《ぜい》を尽《つ》くした建物であった。

宴会のための長いテーブルには、華やかな盛花が置かれ、銀製のナイフとフォーク、フィンガーボウル、磨きあげられた数客のグラスが並べられた。フランス語で書かれたメニューが添えられ、温かなスープ、魚、肉や菓子などの西洋料理が振る舞われた。

招待客は、その前代未聞《ぜんだいみもん》の建物に驚くとともに、日本の未来を予測させる西洋の煌びやかな雰囲気と心地よさに酔いしれたのだった。

津田梅子は、新婦の大山捨松（旧姓山川）、瓜生繁子《うりゅうしげこ》（旧姓永井）と共に、明治四年（一八七一）十二月、六歳で岩倉具視《いわくらともみ》を大使とする総勢百七名の岩倉使節団《いわくらしせつだん》に随行《ずいこう》した「米国女子留学生第一号」であった。

明治十五年（一八八二）十月、梅子は、ワシントンD.C.のアーチャー・インスティチュートをあらゆる学業に優秀な成績を残して卒業した。捨松は、ニューヨーク州の名門女子大学のヴァッサー大学を首席で卒業後、コネチカット看護婦養成学校でも数ヶ月間学んだ。二人は、米国で学んだすべてを、日本女性のために生かし、日本女性の模範となることを使命として共に帰国した。梅子は十七歳、捨松は二十三歳であった。

繁子は、捨松と同じヴァッサー大学の音楽科で三年間学び、梅子と捨松より一年早く帰国した。米国留学時代に、アナポリス海軍兵学校に留学していた海軍省の瓜生外吉《うりゅうそときち》と婚約をして、梅子と捨松が帰国した年に結婚した。繁子は、文部省の音楽取調掛（現在の東京藝術《げいじゅつ》大学音楽科）として採用されていた。二十歳であった。

鹿鳴館の披露宴の宴席には、瓜生と繁子、梅子と父親の仙が同席した。鹿鳴館の西洋料理はその材料から吟味され、皿への盛りつけは日本的な趣好《しゅこう》も凝《こ》らされ美しい。梅子は、米国の女学校の卒業時の晩餐会《ばんさんかい》を思い出していた。あの時の料理も、それに引けを取らない豪華さであった。ナイフとフォークを使い、静かに皿に盛られた料理を食べる。四人の交わす会話は英語である。ダンスや社交界での礼儀を米国で徹底的に学んだ梅子と繁子の振る舞いは、招かれていた他の日本の女性たちとは明らかに違っていた。

梅子は繁子と共に、テラスへ出た。外交官夫人たちと談笑していた新婦の捨松は、二人を見るなり満面の笑みを浮かべた。梅子は、捨松の細くやわらかな手を握り祝福の言葉をかけた。

「ステマツ。
結婚おめでとうございます。素晴らしい披露宴ですね。
新しい人生のスタートにふさわしいです。
結婚式の招待状もフランス語で書かれていて驚きました。
ステマツの堂々とした立ち居振る舞いに感動しています」

繁子も声をかけた。

「ステマツ。
あなたのドイツ語やフランス語での会話は素晴らしいわ。
そして、米国で学んだすべてが生かされています。
これからも、日本女性の模範となってください。
私も、日本の女性のために西洋音楽のすべてを教えます」

「ウメ、シゲ。ありがとう。
あの米国で十年間に学んだすべてを、この国のために
生かしていきましょう。
日本の女性たちの模範となるように。
新しい時代が、もうそこまで来ています」

捨松の強い覚悟の言葉に梅子と繁子はうなずいた。

十二年前、三人は、岩倉使節団に随行する「米国女子留学生第一号」として、米国に向けて、横浜港から出港する前日に、宮中に参内《さんだい》した。
美子《はるこ》皇后に謁見《えっけん》し、その時に賜《たまわ》った「皇后御沙汰書《ごさたしょ》」を忠実に守らなければならないと肝に銘

じていた。

皇后より女子留学生への御沙汰書
其方女子にして洋学修行の志、誠に神妙の事に候。
追々女学御取建の儀に候へば、成業帰朝の上は
婦女の模範にも相成候様心掛け、日夜勉励可致事。

この度の米国留学を志すことは、まことに立派である。
その学びを全うして、帰国後は、日本女性の模範となるべく、日夜勉学に励むこと。

捨松の夫の陸軍省の大山巌は、天保《てんぽう》十三年（一八四二）生まれの薩摩藩士で、西郷隆盛《さいごうたかもり》の従兄弟《いとこ》である。すでに先妻を亡くし八歳を先頭に三人の娘がいた。
大山は、明治二年（一八六九）海外視察《しさつ》のために渡欧し、帰国すると再びスイスのジュネーブに長期留学をした。英語もフランス語も堪能《たんのう》であった。捨松は、大山の熱烈なプロポーズを受け思い悩む。米国で学び、日本の女子教育にすべてを捧げるために帰国した捨松は、大山の誠実な考え方に触れ、やがて尊敬の念を強くしていく。そして、「皇后御沙汰書」にあるように日本女性の模範となるべく、日本女子の教育という使命感や貢献《こうけん》などを考え抜き、大山との結婚を決意した。

招待客のひとりに伊藤博文がいた。伊藤は、明治四年（一八七一）の岩倉視察団の副使として随行していた。当時、多くの男子留学生と共に五名の「米国女子留学生第一号」の少女たちの中でも特に、一番幼い六歳の梅子に常に気を配っていた。

伊藤は、ドレス姿の女性たちの中で、ひときわ目立つ梅子に目を奪われた。あれから十二年あまり経って、ドレスに身を包み、あの頃の幼さとは別の、凛《りん》とした、自立した女性として佇《たたず》む姿に感動を覚えた。その姿は、鹿鳴館の招待客のどの女性よりも輝いていた。

伊藤は梅子に声をかけた。二人は鹿鳴館の重厚なドアを開け外へ出た。前庭にはガス灯がともり、広い池を囲むように木々が配置されていた。館内のほてりを鎮めるためか、ちらほら人影が見えた。冷たい風が頰《ほほ》を撫《な》で、梅子の広く開いた胸元を飾るレースが揺れていた。

伊藤は手にしていた外套《とう》を、梅子の肩にかけた。

「ミスター・イトウ。ありがとうございます。

素晴らしい鹿鳴館での披露宴ですね。

捨松は美しく輝いていて、感激しましたわ」

「ミス・ツダ。

あなたもとても美しいですよ。

それに誰よりも素晴らしい英語を話します」

「ミスター・イトウ。
でも私は、まだ日本語が自由に話せません。
米国で学んだ西洋文化はとても素晴らしいものでした。
多くの経験の中でも、米国の女子教育を
はやく、日本の女性に伝えたいのです」

「ミス・ツダ。
まずは、日本語をしっかり学び、これからの日本女性のために
米国で学んだ新しい知識を示してください。
それが、日本のこれからの近代化に役立ちます」

六歳の幼子から可憐なレディーとなり、流暢《りゅうちょう》な英語で話す梅子に、伊藤はその志《こころざし》を成し遂げる予感を感じた。

舞踏会の会場から、多くの人々のざわめきや歓声が聞こえてきた。やがてヨハン・シュトラウスの『ウィンナ・ワルツ』が流れてきた。それは、米国で梅子がよく聴いていた曲であった。梅子は急いで鹿鳴館の階段を駆け上がった。二階のホールに入ると、そこでは真っ白なドレスに身をつつんだ捨松が、大山のリードでワルツを踊っていた。皇帝舞踏《こうていぶとう》会で踊られるそのワルツは、

厳《おごそ》かであり華麗である。

　新郎新婦のワルツは優雅であった。捨松は大山に身を委《ゆだ》ね、軽やかにステップを踏む。そして、捨松の白いドレスは、大山の大きなステップにつられて大きなステップと変わり大きく揺れる。それは、まるで白鷺《しらさぎ》が舞うような美しさである。二人のワルツは、すべての人々を魅了した。曲が終わると、惜しみない割れんばかりの拍手が贈られた。

　その晴ればれとした姿に、梅子は必ずこれから来る西洋文化、近代化された社会に生きる新しい女性としての捨松を見た。


　捨松と大山のワルツに興奮した繁子は、梅子に向かってその強い想いを話した。


「ウメ。

　捨松の堂々とした立ち居振る舞いに感動したわ。

　私たちも、あの米国で十年間に学んだすべてを、この国のために、生かしていきましょう。

　私たちが、日本の女性たちの模範となるように。

　夢を失わずに！　進んでいきましょう」


　梅子はうなずいた。今日のこの日を決して忘れないと、心に刻んだ。

西洋文化を強調するような、日常からかけ離れた煌びやかな鹿鳴館。そこに集う人々は、初めて触れる西洋文化をどのように感じ、どのように日常に取り入れるのか。

鹿鳴館に日本の近代化の始まりを感じ、素晴らしさを感じながら、その華やかさに梅子は疑問と不安を抱《いだ》いてもいた。一方で、米国での学校の学びの中に、日本で捉《とら》えなければならない数々の教育があることも感じていた。

米国で教育を受けて日本に帰国した梅子には、政府によるこの鹿鳴館が日本の真の近代化の始まりとは思えない。十一年間の米国留学で、日常生活が西洋文化の中にあった梅子は、もう一度日本人としての自分を想い、日本人としての役割を考えた。

美子皇后に謁見し、その時に賜った「皇后御沙汰書」の、(近代化の時代の)女性の模範とならなければならないとのお言葉。その意味をあらためて考えていた。

第一章　官費留学生としての旅立ち

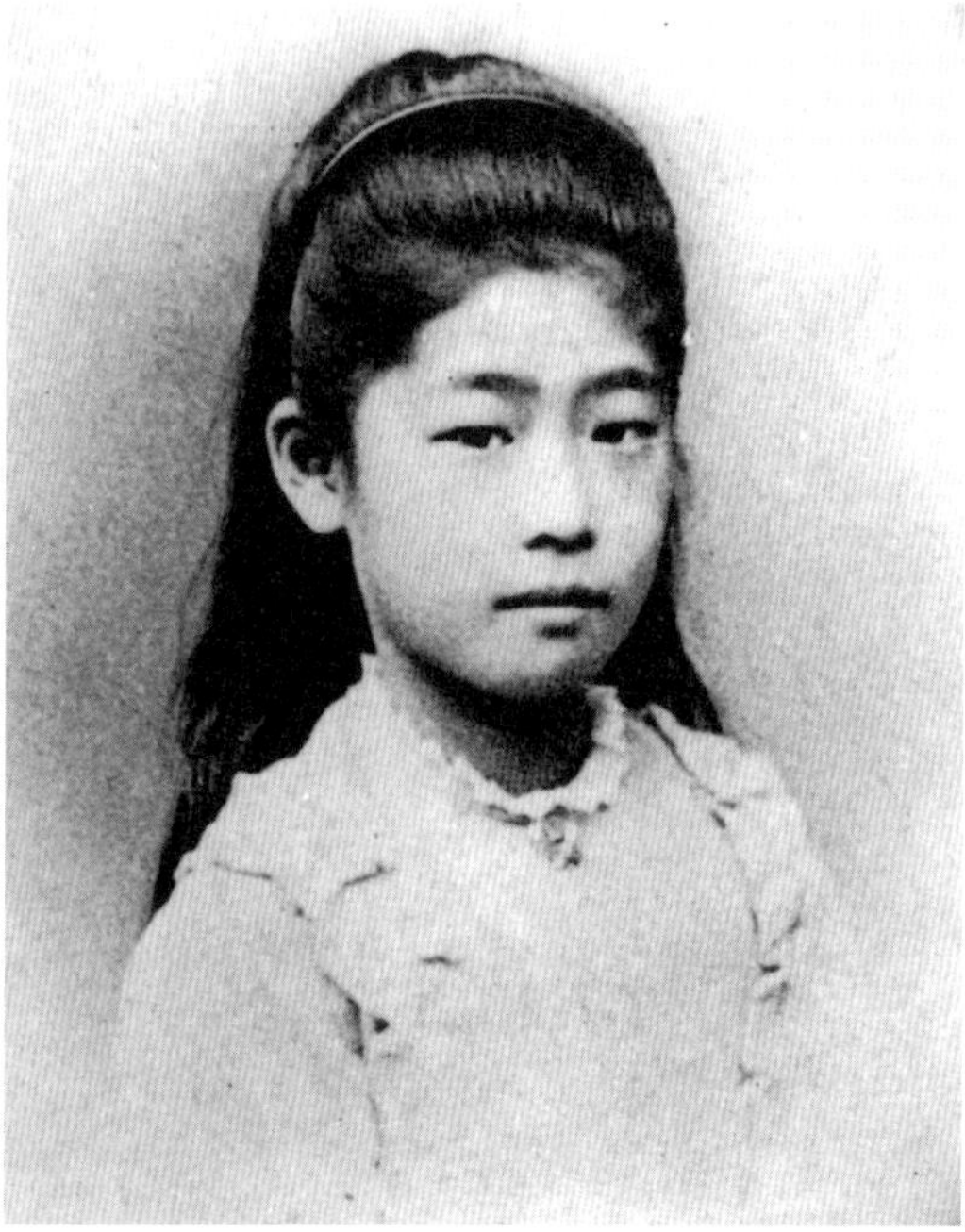

梅子は1871年官費米国女子留学生第一号として渡米、ワシントンD.C.の郊外ジョージタウンのチャールズ・ランマン邸にホームステイする。(「津田梅子11歳頃、フィラデルフィアにて」／津田塾大学津田梅子資料室所蔵)

1　岩倉使節団と米国女子留学生第一号

明治四年（一八七一）十二月二十三日、岩倉使節団は、欧米に向けて四千五百トンの大型船アメリカ号で横浜港から出航の準備を整《ととの》えていた。使節団は外務省長官に就任した岩倉具視を大使として、副使に木戸孝允《きどたかよし》、大久保利通《おおくぼとしみち》、伊藤博文、山口尚芳《やまぐちなおよし》の四名。明治新政府を支える外務、工部、司法、大蔵、兵部、宮内省など政府首脳陣四六名と随員《ずいいん》十八名。それは、明治の新政府首《しゅ》脳陣《のうじん》の半数あまりの人数である。そして、留学生として金子堅太郎《かねこけんたろう》、中江兆民《なかえちょうみん》、大久保利通の二人の子息をはじめとする士族の十代の男子と、「米国女子留学生第一号」の五名の女子を含めた四十名以上が加わり、総勢百名以上の人数となった。

欧米への使節団の視察は、米国オランダ改革派の宣教師で、教師をしていたグイド・ヘルマン・フルベッキの提言であった。フルベッキは、安政《あんせい》六年（一八五九）長崎に上陸。その後、佐賀藩の藩校や長崎英語伝習所《えいごでんしゅうじょ》の教師となり英語を教えた。フルベッキの提言は岩倉具視を大使とする岩倉使節団となった。

岩倉使節団の目的は、米国を経て欧米の十二ヵ国をまわり、江戸時代に諸外国と条約を結んでいる各国を訪問して、国家元首に国書を提出すること。幕末に結ばれた不平等条約《ふびょうどうじょうやく》の改正に向けての予備交渉と、欧米諸国の産業を視察して文化や技術を学んで日本の近代化の遅れを取り戻し、帰国後に日本の文化や産業に貢献することであった。

「米国女子留学生第一号」を募集したのは、薩摩藩出身の黒田清隆《くろだきよたか》であった。黒田は、明治二年（一八六九）、旧幕府軍と新政府軍の最後の戦いとなった蝦夷地《えぞち》の箱館《はこだて》戦争で新政府軍の参謀《さんぼう》として指揮をとり勝利した。その後、蝦夷地は北海道と名前を変え、北海道開拓が始まった。北海道開拓次官となった黒田は、開拓の参考にと、米国と欧州を視察した。

黒田は、女子教育が進み、西部開拓で男性と対等に活躍する女性の姿を米国で目の当たりにし、強い衝撃《しょうげき》を覚えた。北海道の開拓にあたり、次の世代を担う開拓使の子どもたちにも教育が必要であると考えていた。そのためにはまず教育を受けた女性の活躍が欠かせないと考えた黒田は、「米国女子留学生第一号」を募集したのだった。

留学期間は十年間で、すべての費用は政府が持つというものであった。三ヶ月後の十二月に、岩倉使節団と共に出発するという慌《あわ》ただしい中での募集であった。初めての女子の米国留学には、日本の近代化を支える希望が込められていた。募集は二回行われ、集まった五人の少女はすべて士族の娘や妹たちであった。

「米国女子留学生第一号」
東京府士族の娘　　津田梅子（六歳）
静岡県士族の養女　永井繁子（八歳）

青森県士族の妹　　　　山川捨松（十一歳）
東京府士族の娘　　　　吉益亮子《よしますりょうこ》（十四歳）
新潟県士族の娘　　　　上田悌子《うえだていこ》（十四歳）

明治新政府により、それまでの藩を廃止して府と県に統一する廃藩置県《はいはんちけん》が行われた。士族たちは、大きく変わる時代を生き抜くことが求められた。応募した親や兄の大半は旧幕府軍の敗者の士族たちであった。明治新政府になった今、敗者の士族として生きるより、欧米文化を学び女子であっても時代の先端を行くことがこれからの時代に必要と考え、応募したのである。

少女たちの親や兄たちの多くは、幕末時代から欧米への視察や留学を経験していたため、欧米では、日本人への対応がどこも友好的であることなどを知っていたほか、オランダ語や英語も学んでおり欧米の知識も豊富であった。少女たちを欧米文化に触れさせ、学ばせて時代の変化をいち早く経験させたいと考えていた。

津田梅子は、元治《げんじ》元年（一八六四）十二月、佐倉藩《さくらはん》の家臣であった小島善右衛門《こじまぜんえもん》の四男の仙《せん》と、幕臣であった津田家の初子《はつこ》の次女として江戸牛込《うしごめ》（現在の新宿区）に生まれた。父親の仙は津田家の婿養子《むこようし》であった。

母親の初子の姉の武子《たけこ》は、徳川宗家《そうけ》十六代当主の徳川家達《いえさと》の生母であった。初子も御殿勤《ごてんづと》めをしていたため、食事の作法や挨拶の仕方などの日常的なしきたりには厳しく、梅子が四歳になると琴や三味線や日本舞踊や習字などを習わせた。

仙は幕末の動乱期に生まれた。八歳から佐倉藩の塾で学び、武芸にも熱心であった。十五歳の時に、米国の提督《ていとく》マシュー・ペリーが軍艦を率《ひき》いて浦賀に現れた。国中が騒然《そうぜん》となる中、仙は海外の事情を学ぶために江戸へ出て蘭学塾《らんがくじゅく》で学ぶ。その後英語に必要性を感じ、神田神保町《じんぼうちょう》でオランダ医学者伊東貫斎《いとうかんさい》が開いていた英語塾で学び、さらに横浜の英学所で米国医師から英語を学んだ。そして江戸幕府の外国奉行の通訳となった。

慶応《けいおう》三年（一八六七）、梅子が三歳の時に、仙は幕府発注の軍艦《ぐんかん》引取り交渉のため通訳として福澤諭吉《ふくざわゆきち》らと米国に随行した。米国では、国民がみな平等に教育を受け、職業も自由に選べることに仙は、感銘を受けた。また農業が科学に基《もと》づいて行われていることに興味を抱いた。

帰国後、明治新政府となると外国奉行所を退所して、築地の外国人居留地《きょりゅうち》の築地《つきじ》ホテル館に勤め、レストランで出していた西洋野菜の缶詰をみて西洋式の農業を目指した。その後、北海道開拓使の嘱託《しょくたく》となった仙は、ある集会で開拓次官の黒田から「米国女子留学生第一号」の話を聞き、すぐに梅子を応募した。

使節団に「米国女子留学生第一号」が加わることが決まると、岩倉使節団の提言者であるフルベッキは、その出発に備えて米国の友人たちに、「岩倉具視と会見する時には、女性を数人同席させて女子教育の必要性を説《と》いてほしい」と手紙で伝えていた。

明治天皇は、「岩倉使節団」の出発の前に、外国留学を奨励する「勅諭《ちょくゆ》」の中に女子教育に関する内容も盛り込んだ。

女性には、特に幼児教育には母親の教導が重要であるので
海外に赴任する者は、妻や娘、姉妹を同行することを許可する。
外国の女子教育の基本となるものを学び
育児の方法を知ることは価値あることである。

女子留学にあたり、明治天皇の並々ならぬ期待が込められていた。

この数ヶ月後、日本最初の女学校として、「官立東京女学校」（通称竹橋女学校、そののち東京女子高等師範学校、現在のお茶の水女子大学）が神田一ツ橋に開校した。十四歳以上十七歳以下の女子が学んだ。英語の授業もあり三人の米国人教師が教えた。

梅子をはじめ、「米国女子留学生第一号」として米国に渡る五人の少女たちは、出発の前日に宮中へ参内した。

宮中の重々しい御門《ごもん》をくぐり玉砂利《たまじゃり》の敷き詰められた長い道を歩き、高い石垣を過ぎるとさらに広い御門が見えた。その先には静寂《せいじゃく》な世界が広がっている。衣《きぬ》ずれの音をさせながら、忙しそうに女官たちが行き交っていた。梅子たちは、応接室で少し待たされたのちに、重々しい御簾《みす》の垂れ下がった大広間に通された。美子皇后との謁見であった。

この御簾の先にいらっしゃる、たとえ頭を上げたとしてもその影しか拝見できない皇后の前で

女官が高らかに読み上げた。

皇后御沙汰書
この度の米国留学を志すことは、まことに立派である。

その学びを全うして、帰国後は、日本女性の模範となるべく、日夜勉学に励むこと。

そして、異国であるので、身体に気をつけて、日々励むようにと付け加えられた。皇族や華族しか許されていない皇后との謁見である。

江戸時代の封建政治から明治という新しい時代に入り、その統治《とうち》を司《つかさど》る明治天皇に嫁いだ美子皇后は、日本で最初の女子留学に関心が高かった。新時代が始まり、女子も身に付けなければならない欧米文化。それを学ぶために渡米する五人の少女を励ました。

六歳の梅子は、緊張のあまりに女官の言葉さえ耳に入らなかった。心臓の鼓動《こどう》が高まり、やがて全身の震えとなり、それはいつまでも止まらなかった。この皇后との謁見は、威圧《いあつ》感こそあれど偉大なエネルギーに包まれた。それは不思議と旅立ちの不安を落ち着かせた。

一人ひとりが「皇后御沙汰書」と、留学中の九条からなる細かな決まり事「洋行心得書《ようこうこころえしょ》」、織物の紋ちりめんとお菓子一折りを賜った。「洋行心得書」は九条からなるもので、外国で生活するにおいての細かな注意事項が書かれていた。

「皇后御沙汰書」は、親から遠く離れて学ぶ不安の中にある五人の少女たちを奮《ふる》い立たせ、梅子たち五人の少女は米国留学への使命感を強くした。

その夜、梅子はまだ見ぬ米国への思いを深くした。美子皇后から賜った甘い香りのお菓子を口に入れてみた。父親の仙から渡された二冊の英語の辞書を出し、仙から教えてもらった「イエス」「ノー」「サンキュー」の三つの英語をそっと口にしてみた。

翌朝、横浜港には、岩倉使節団を見送る多くの人々でごった返していた。大隈重信、井上馨、西郷隆盛、黒田清隆などの政府の要人たちをはじめ、出発する者の家族や友人たちが集まった。他にも何が始まるのかといった物見遊山《ものみゆさん》の人々で溢《あふ》れていた。その中で、きっちりときれいな振《ふり》袖《そで》を着た梅子たち五人の少女はひときわ目立っていた。人々は口を揃《そろ》えて、

「いくらなんでも、あんな幼い子を米国にやるとは」

「国のお金の無駄遣《むだづか》い」

「負けた賊軍《ぞくぐん》の親のやりそうなことだ」

「鬼のような親、痛々しい、可哀想に」

とささやき合った。

少女たちにその声が届かないはずはなかった。

やがて、アメリカ号は、使節団のために十九発、一時帰国する米国公使チャールズ・デロングのために十五発の礼砲《れいほう》をとどろかせて横浜港を出港した。侍《さむらい》の娘として育った五人の少女はあまりに突然な米国留学を強《し》いられることに驚いてはいたが、それに反抗することは許されない。五人の少女はしっかりと背を伸ばし涙も見せなかった。

出航を見送る梅子の父親の津田仙は、留学を決意させたものの、いざとなるとその思いとは裏腹に、身を切られる思いで船が見えなくなるまで手を振り続けた。

2　過酷なワシントンD.C.への旅

横浜を出航して、外洋に出た船は左右どころか上下にも揺れる。すぐに強烈な船酔いに襲《おそ》われた。梅子にとって苦しい戦いが始まった。食べものどころか、水さえも戻してしまい、寝ていても船の揺れで起きてしまう。甲板に出て風にあたり気を紛らわす日々が続いた。五人の少女は、一等船室の一部屋を与えられた。一番幼い梅子は十四歳の吉益亮子と同じベッドで寝た。

食事は初めて目にする洋食で、ナイフとフォークが添えられた。食欲のないところに、初めて見るその食事はかえって気分が悪くなってしまった。梅子たちは、その食事を食べずに、永井繁子が友人より送られたたくさんのお菓子を、毎日食べていた。しかし、隣室にいた書記官として随行していた福地源一郎《ふくちげんいちろう》に見つかり、なんと無残にもすべて海に捨てられてしまった。

少女たちの唯一の楽しみは、あっという間になくなってしまった。しかし、それは梅子たちが西洋料理に慣れるための福地なりの思いやりのある行動であった。

福地は、梅子の父親の仙と共に横浜の英学所で学んだ仲であった。金平糖《こんぺいとう》を持っては津田家をよく訪ねた。梅子は幼い頃から、「金平糖の福地のおじ様」と呼んで慕っていた。仙は、何度も米国を訪問していた福地に梅子のワシントンD.C.までの道中の安全を託《たく》していた。

十日ほど過ぎ、船にも慣れ船酔いもおさまった波の静かなある日、梅子は、一番年の近い繁子と、船内探検をこころみた。階下に降り、ボイラー室に赤々と燃える炎や、勢いよくまわる外輪《がいりん》に驚いた。

巨大なクジラが潮を吹きながら飛び跳ね、尾を残しながらその巨体を海面に沈めた。イルカの大群が船を追いかけてくる。甲板からの迫力ある海の光景に興奮した。大海原《おおうなばら》に繰り広げられる大自然は今まで見たことがない素晴らしいものであった。夕焼けに染まる一面の真っ赤な海を見ながら、梅子は、突然母親の顔を思い出し、繁子と共に、大声で泣いてしまった。

福地はそれに気がついて甲板に出た。声をかけるのをためらうほどの二人の大泣きであった。夕陽が落ちるまで、福地は、二人を見守った。

梅子たちの日常の世話役となっていたのは、一時帰国する米国公使チャールズ・デロング夫人とそのメイドであったが、日本語がまったくわからない。つらい気持ちを話すこともできない。

福地は、幼い梅子を案じ、常に声をかけていた。時には、梅子の髪を梳《す》いてくれた。しかし、どこまで行っても変わらない大海原の光景の前には、そのいたわりもなんら効果がなかった。そんなことでは癒《い》えない、梅子の最初の孤独感《こどくかん》であった。

やがて出港から約三週間後の、明治五年（一八七二）一月十五日、米国の西海岸カリフォルニア州のサンフランシスコに入港した。明け方の濃霧《のうむ》の中、太平洋からサンフランシスコ湾に入る金門海峡を通過した。

梅子たちは、甲板から身を乗り出してみた。いくつかの岬を通過すると、巨大なサンフランシスコの街が現れた。見たこともない大きな街が広がっていた。海上には数隻《せき》の船が停泊していた。マストに日の丸を掲げたアメリカ号が進入すると、十三発の祝砲《しゅくほう》がとどろいた。やがて歓迎の音楽とラッパの音が鳴り響いた。数日前からのサンフランシスコの新聞報道により、岸壁は日本からの使節団を一目見ようと黒山の人だかりであった。

岩倉使節団は、岩倉具視大使を先頭に、副使の伊藤博文をはじめとする政府首脳陣、随員、そして男子留学生がタラップを降りた。最後に、晴れやかな美しい着物姿で、静々《しずしず》と降りる五人の少女を見た米国の人々は、幼くもその美しさに、驚きのあまり一斉に歓声《かんせい》を上げた。

梅子の着ていた金や銀の糸で刺繍《ししゅう》を施《ほどこ》した真っ赤な振袖の美しさ。髪に挿《さ》したかんざしはゆらゆらと揺れている。米国人が見たこともない美しい着物姿の少女たちは大歓迎を受けた。

翌日の全米の新聞には、早々と岩倉使節団の歓迎の記事と共に、五人の少女が、日本の女性の将来のために、米国に学びに来たことが大きく報道された。

最年長の十四歳のひとり吉益亮子はインタビュー攻めにあったが、亮子の落ち着いた返答にサンフランシスコ市民は驚く。カリフォルニア州婦人参政権委員会会長《ふじんさんせいけんいいんかいかいちょう》からは、このようなエールが送られた。

この女子たちの訪米に敬意を表します。
今後の女子教育の向上を目指して
両国ともお互いに励まし合っていきたい。

まさに世界史の中で、
新しい時代の到来《とうらい》を告げるものであることを確信しています。

梅子は、初めて見る石造りの近代的な高い建物に圧倒された。整備された道路沿いには店舗が並び、大きなガラスのショーウィンドウにはドレスや帽子や靴が陳列されていた。ため息が出るほど美しい。道行く女性たちは、長いドレスに身を包み背筋をのばし堂々と歩いている。梅子をはじめ五人の少女たちは、その洋装にあこがれた。

サンフランシスコの美しく整備された街並みと、日本とは違った文化に触れ、旅の疲れも消えていった。

岩倉使節団は、サンフランシスコの中心街、モンゴメリーストリートのグランド・ホテルに入った。客室が三百室もある五階建ての巨大ホテルであった。一階のフロアーはすべて大理石が敷き詰められ、理容室、書店、衣料品店、ドラッグストアなどの店舗が入っていた。上下に動くエレベーターを見た一行は、驚きと怖さで乗ることをためらった。

ホテルに宿泊していた米国の婦人たちは、五人の少女の晴れやかな着物姿を一目見たさに、四《し》六時中《ろくじちゅう》つきまとった。時には、見知らぬ婦人たちの部屋に連れていかれた。お菓子をごちそうになり、髪や着物に触られあれこれと質問される。

英語のわからない梅子たちは戸惑う。まるで、別世界から現れた生き物を見るかのような扱いを受けた。梅子たちは気ままに部屋を出歩くこともできなくなった。

ホテルに着いた翌日から、サンフランシスコ市長、歓迎委員会代表、日本領事館や各国の領事たち、在留の日本人たちが次々と表敬訪問《ひょうけいほうもん》にやって来た。

岩倉具視たちは、まずお辞儀《じぎ》をし握手をして通訳を介《かい》して話を聞く、そしてまたお辞儀をする。この繰り返しであった。この使節団の一目見たさに、多くの市民でグランド・ホテル前の通りは埋め尽くされてしまった。

三百人が会食できるホテルでの大歓迎会で、副使である伊藤博文の英語の演説が始まった。

「数百年と続いた日本の封建制度を、一か所の弾丸《だんがん》も残さず、一滴の血も流さず、わずか一年以内に終わらせた。

日本国旗の赤い丸は、昇る太陽を象徴するもので

日本はこの先、西洋文明の中天《ちゅうてん》に向けて前進向上するものであります」

伊藤のこの堂々とした演説に、米国人は感動の大拍手を送った。日本では考えられない歓迎ぶりであり、日本からの政府首脳陣は誇らしく感じた。岩倉は、感激で涙がとまらない。百名を超す使節団の大軍団に度肝《どぎも》を抜かれたサンフランシスコ市民は、明治新政府の改革と、近代化に向かう意気込みを感じ、連日興奮《こうふん》が冷めやらぬ状態であった。その歓迎ぶりに二、三日の滞在の予定が十六日間となった。

岩倉使節団は、鉄工所、造船所、織物工場、学校などを、精力的に見学した。案内の米国人は

質問攻めにあった。その様子は、「日本人は知識欲旺盛《ちしきよくおうせい》で、見たものは一度理解したら、決して忘れない優れた人材である」と連日にわたり米国の新聞に報道された。

岩倉使節団は、サンフランシスコを後にして米国の首都である東海岸のワシントンD.C.へ向かうために、三年前に開通した大陸横断鉄道に乗り込んだ。梅子たちは、サンフランシスコで洋装になる予定であったが、まだ振袖に草履《ぞうり》のままである。

使節団のために五両の特別寝台列車が用意された。列車内は外の寒い雪景色と比べものにならないほど暖かい。洗面所の蛇口をひねると温かいお湯が流れてきて梅子は興奮した。暖かな食堂車で特別な食事が用意された。快適なワシントンD.C.までの約五千キロにもにわたる旅が始まった。

サンフランシスコを出発して四日目の朝、大雪のロッキー山脈を越えてユタ州に入ったが、列車は大吹雪の自然の猛威《もうい》には勝てず、ユタ州の中心都市のソルトレイクに停まり天候が落ち着くのを待った。岩倉使節団は、この小さな宗教都市の人々からも温かい歓迎を受けた。一行はモルモン教の大聖堂を見学した。梅子は、見たこともないこの壮大な建物に驚く。

屋根は丸く、中心には柱が天高く伸びていた。街中から人々が集まり祈りを捧げている。梅子が不思議に感じた光景であった。使節団の歓迎会は、小さな街で夜遅くまで盛大にとりおこなわれた。

雪は降り続き、運行再開まで十八日間も足止めをくった。副使として随行していた伊藤博文は、梅子たち五人の少女の心細い気持ちを感じとり、おとぎ話などを聞かせた。そんな日は、梅子たちは笑顔を取り戻し、落ち着いて眠りにつけた。

やがて、列車は東へ向かって走り出した。蒸気を上げて力強く走る大陸横断鉄道の窓から、雄大なロッキー山脈が続く。大きな角《つの》を優雅に備えた鹿がゆったりとこちらを見ている。群れをなして雪の中を突き進むバッファローの大群。すべてが雄大である。

そこに生きる米国の開拓者の姿を垣間《かいま》見て、梅子は、この先には一体どのような世界があるだろうかと、不安にかられながらぼんやりと外を眺めていた。

そして雪はさらに降り続き、何度も行く手をはばまれた。米国は四十年ぶりの大雪であった。イリノイ州のシカゴに着いたのは、サンフランシスコを出発してから一ヶ月以上が経《た》った頃だった。シカゴは三ヶ月前の大火災で二万戸が焼き払われており、その後始末も終わっていない状態で荒れ果てていた。

しかし、岩倉使節団はシカゴでも大歓迎を受けた。シカゴの有力者たちは、三日間にわたり使節団をもてなした。岩倉具視は、大火災の見舞金として五千ドルを寄贈《きぞう》した。そして岩倉は断髪《だんぱつ》をして袴《はかま》を脱ぎ、和装から洋装となった。

梅子たちもやっと洋装になった。サンフランシスコからずっとあこがれていた洋装であった。再三にわたり洋装を希望していたのにもかかわらず、世話役のデロング夫人が、少女たちの美しい着物姿を米国民に見せたかったこともあり、梅子たちは不自由な着物で我慢《がまん》させられていたのだった。

着物から洋服に着替え、草履を脱いで革靴を履き、かんざしを外して長い黒髪を下ろし、帽子をかぶった。慣れない洋装であったが、極寒の中で寒さをしのげ、動きやすい。だがシカゴの猛吹雪はすさまじく、交通遮断《しゃだん》だけでなく多くの死者も出していた。

明治五年（一八七二年）二月二十九日、一行は、ワシントンD.C.に着いた。横浜港出航からすでに二ヶ月以上も経っていた。十センチほどの雪が積もり一面雪景色であったが、梅子たちにとっての過酷《かこく》な冬の旅は、ここでようやく終わりを告げた。

ワシントンD.C.には、国会議事堂、ホワイトハウスをはじめ、各省の大きな建物が建てられていた。南北戦争で勝利した北軍の将軍であったユリシーズ・シンプソン・グランド大統領が就任していた。

岩倉使節団は、二十台の馬車に乗りアーリントン・ホテルに向かった。大統領夫人から歓迎の大きな花束が贈られ、ここでも大歓迎を受けた。『ニューヨーク・タイムズ』紙はこのように報じた。

この世界の中でも、とりわけ好奇心をそそる国民が
他の国民との親しい交わりに仲間入りするということは
喜ぶべきことであり
十九世紀後半の歴史上、記憶されるべきことに違いない。

岩倉使節団の滞在は八ヶ月にわたった。目的の一つである不平等条約の予備交渉であったが、伊藤博文、大久保利通と初代米国代理公使の森有礼《もりありのり》らは、米国の歓迎ぶりに気を良くして、不平等条約の本交渉にあたろうと考えた。しかし、明治天皇の交渉全権《こうしょうぜんけん》の委任状を持たないことなどの準備不足のため、失敗に終わった。

一方、梅子たち五人の少女は、相変わらず礼儀正しく賢く美しい日本の少女として、米国の新聞を賑《にぎ》わせていた。『ニューヨーク・タイムズ』紙にはこのような記事が掲載された。

しとやかな立ち居振る舞いのため、彼女たちは米国人の間にたくさんの友人を得た。
彼女たちはとても活発できびきびしており
その物腰《ものごし》は、人にも頼らぬ堂々としたものである。

五人の少女の世話役となった初代米国代理公使の森有礼は、あまりに幼い梅子を見るなり、こんな幼い子をよこして、どうしたらいいのだと頭を抱えてしまった。

森は、慶応元年（一八六五）、十七歳で薩摩藩英国留学生として渡英した。その後、薩摩藩からの帰国命令が出たが、米国の資産家の手助けで米国に渡る。明治元年（一八六八）に帰国するが、すぐに、外務省からワシントンD.C.の初代米国代理公使に任命された。二十五歳の若さでの大抜擢《ばってき》である。

森は、北海道開拓次官の黒田清隆が米国視察に来た時に北海道開拓のために、米国の農務局長のホーレス・ケプロンを黒田に紹介した。ケプロンは女子教育が必要であると、米国女子留学生を提案し、森と黒田とこれからの時代の日本の女子教育を論じた。

英国と米国を見てきた森は、男女ともに欧米の教育がこれからの日本に必要だと説いた。特に女子教育が必要であるというその考え方は、黒田とまったく同じであった。森は、日本からの「米国女子留学生第一号」を受け入れる約束をしていた。ケプロンは黒田と共に来日して、四年間北海道開拓に尽力する。


森は、五人の少女に良い環境で米国のすべてを学ばせたいと考え、ワシントンD.C.に大きな一軒家を借りて五人を住まわせた。米国人の若い女性の家庭教師を住み込みで雇《やと》い、料理人も雇った。梅子は最年少であり、その素直で快活な性格でみんなから可愛がられた。五人は仲が良く常に行動を共にした。

午前中の英語の授業が終わると、午後は自由時間となる。森は、米国の子女が習うように週に二日、ピアノのレッスンを受けさせた。初めて触れるピアノの音色は、幼い梅子をはじめ、少女たちを虜《とりこ》にした。消灯後は、梅子と繁子がそっと起きだして、みんなを誘い夜中のお喋《しゃべ》りを楽しんだ。すべてが新しい経験である。

ワシントンD.C.の街は、整備されて緑が多く美しい。街には、いたるところに公園があり、サンドイッチを持ってピクニックに出掛け、木々にのぼるリスを見ては追いかけた。芝生に寝転んで目で雲を追う。ポトマック河ではみんなでボートに乗った。それは、日本では経験できない解放された日々であった。

しかし、日常会話は日本語であるから、なかなか英語が上達しない。森は、この様子を見て、このままでは、英語はおろか、米国社会を知ることさえ困難であると感じた。この後十年にわたる彼女たちの教育についてどのようにしたら良いかと考えた。

まずは体調の思わしくない上田悌子と、目の病《やまい》となった吉益亮子の十四歳の二人を日本に帰国させた。

そして、残った梅子、捨松、繁子の三人を、別々の米国人の家庭に住まわせることにした。太平洋横断の船上で七歳になっていた梅子は、森の部下で、書記官のチャールズ・ランマンに預けられた。ランマンは、ワシントンD.C.の北西部の近郊、ポトマック河沿いに位置するジョージタウンに住んでいた。画家であり文筆家でもあった。

国費留学生としてコネチカット州のイェール大学に留学していた捨松の兄の山川健次郎《やまかわけんじろう》は、兄としての立場で十一歳の捨松の米国留学について、自分なりの意見を森に手紙で送っていた。森は、「米国女子留学生第一号」がワシントンD.C.での集団生活からそれぞれが滞在先を探すことになったと健次郎に伝え、捨松の滞在先について意見を聞いた。

健次郎は、捨松と繁子のホームステイ先に、レオナルド・ベーコン牧師を推薦《すいせん》した。ベーコン牧師は、健次郎が留学しているイェール大学の教授であり、黒人やネイティブアメリカンの問題に取り組み、南北戦争でもその思想が注目されていた。ここであれば、イェール大学とも近く捨松に会いに行ける。

十一歳の捨松と、九歳の繁子は、コネチカット州ニューヘイブンのベーコン牧師宅へ預けられた。その後、繁子は、ベーコン牧師宅から移り、同じくコネチカット州のフェアヘイブンの歴史家でもあるジョン・アポット牧師宅をホームステイ先とし、それぞれに個性豊かな教育が始まった。どの家庭も親日家であった。

3　米国東海岸の留学生として

梅子のホームステイ先のチャールズ・ランマンは、多彩な経歴の持ち主だった。弁護士の父親の希望でインド交易の会社で働いた後、記者となりオハイオ州シンシナティの新聞社に勤めた。その後、ニューヨークの『ニューヨーク・エクスプレス』紙の記者となる。その時に詩人のヘンリー・W・ロングフェロー、ウィリアム・ブライアント、作家のチャールズ・ディケンズ、さらには画家などの芸術家たちと交流を持った。そして、ワシントンD.C.にて、国防省、内務省、国会の司書を務め、梅子が米国に到着した年に五十二歳で、日本公使館の書記官となった。

ランマンは、文筆家であり、画家であった。国防省時代に知り合った上院議員ダニエル・ウェブスターの秘書を務め、『The Private Life of Daniel Webster（1852）』（ウェブスター伝）を書いた。文筆家として著書は三十冊にも及んだ。

そして、岩倉使節団がワシントンD.C.に着いた年に、いち早く在留した日本人を扱った『The Japanese In America（1872）』（米国在留日本人）を出版した。

そこには、日本の留学生や岩倉使節団の様子が描かれており、大使の羽織《はおり》袴姿の岩倉具視を中心に、シルクハットの伊藤博文、大久保利通らの写真が掲載された。梅子たち五名の女子留学生の写真を入れることも忘れなかった。

ランマンは、ハドソン・リバー派の画家であり、展覧会に十五回も出品するほどの腕を持ち、多くの弟子も抱えていた。梅子は、画家を目指して日本から留学していた川村清雄《かわむらきよお》と共に、ランマンから洋画を学んだ。梅子と同時期にランマン邸に滞在していた川村は、ランマン邸に数ヶ月滞在して、その後パリへ渡った。

ランマンが日本人を初めて見たのは、万延元年遣米使節団《まんえんがんねんけんべいしせつだん》（一八六〇）江戸幕府が、開国から初めて公式に米国に派遣した、八十名もの万延元年遣米使節団であった。その時に、ニューヨーク・エクスプレスの記者であったランマンは、礼儀正しく知的な日本の侍たちに衝撃を受けた。その時の取材は驚きと感動の連続であった。万延元年遣米使節団は二十五日間ワシントンD.C.に滞在した。

その後、ニューヨークへ向かいブロードウェイをパレードする。ランマンは、羽織袴に刀を差して整然と行進する日本の侍の凜とした姿、知的で礼儀正しい姿に感動した。ブロードウェイには溢れんばかりの人々が集まった。空前の大歓迎であった。

この様子を詩人ウォルト・ホイットマンは、「A Broadway Pageant（1860）」と題して『ニューヨーク・タイムズ』紙に寄稿した。最後にこのように結んでいる。

礼儀正しいアジアの貴公子《きこうし》たち、学徒のような貴公子たち。
東洋と西洋の結び付きを予感する。

三百年もの長い間鎖国《さこく》をしていた日本の文化は、ランマンに興味を抱かせた。その日本の小さな女の子が、まるで天使のようにランマン家に舞い降りたのである。まだ不思議極《きわ》まりない日本人に対して、ランマンのこころも浮き立っていた。梅子にとっても、芸術家としての一面を持つランマンの存在は大きかった。

文筆家として、画家としてのランマンの豊かな感性によって、梅子は多くの文学作品に触れ、ランマンの手ほどきで絵を描くことを経験する。幅広い芸術に触れた梅子の前に、新しい世界の扉が一気に開き、その世界に浸り感性も磨かれていく。

ランマン邸の居間や各部屋には、日本より贈られた大きな伊万里焼《いまりやき》や九谷焼《くたにやき》の花瓶、森有礼が贈った日本刀や着物などが、西洋の調度品《ちょうどひん》に交じっていたるところに飾られていた。書斎には三千冊の蔵書が並び、まるで小さな図書館のようであった。ランマンは一八六七年のパリ万国博覧会に初めて日本が参加して以来、絵画や工芸品についても日本に興味を抱いていた。葛飾北斎《かつしかほくさい》や喜多川歌麿《きたがわうたまろ》などの日本の浮世絵はジャポニスムと呼ばれ、印象派の画家たちに強烈な影響を与えていた。

ランマン夫人の父親は、西インド諸島との貿易でジョージタウンで最も成功を収めた実業家であった。結婚祝いに、住まいの邸宅と借家用として同じ造りの家の二軒を、二人に贈った。

夫妻には子どもがいないため、ランマン夫人は梅子を実の子どものように慈《いつく》しみ、並々ならぬ愛情を注いでいった。ランマンは、一目で梅子の素直で感性豊かな性格を見抜いた。ランマン夫人は、聡明で快活な梅子を気に入り、もし日本政府からの留学費が途絶《とだ》えたとしても、十年間は面倒を見ると決めていた。

ランマン夫人は、梅子の母親の初子あてに、梅子を引き取ることを手紙に書いた。その手紙は、父親の仙により日本語に訳され、感激した母親の初子は、ランマン夫人あてにお礼の書簡を送った。

その書簡は、ひょうたんの模様を刷り込んだ和紙の巻物に毛筆で書かれており、桐の箱に納められていた。ランマン夫人は、その日本の文化に感動するとともに、遠くに離れた梅子を思う初子のこころを感じ、大切に育てる決意を強くする。初子の書簡は、幼い日本の留学生の母親の書簡として、『ニューヨーク・タイムズ』紙に、英語訳文と、巻物の写真が掲載された。


七歳の梅子は、スティーブンソン・セミナリーに歩いて通った。一学級が十人以内、全生徒も百人位の小規模な私塾であった。教育方針は少人数制で、それぞれの生徒に合った行き届いた指導をしていた。

梅子は、初めて米国人の子どもたちと共に学校で学んだ。日本人など見たこともない生徒たちである。学校の行き帰りに、梅子の長い三つ編みの黒髪を引っ張られてからかわれた。

涙ぐんで帰ってきた梅子を見るなり、ランマン夫人は梅子の涙をぬぐいその理由を聞いた。

梅子は、口をつぐんで話そうとはしなかった。急いで自分の部屋へ入り大泣きをした。可愛がっていた猫を抱きしめ、泣き疲れたのかそのまま眠ってしまった。

ランマン家では夕食が終わると、暖炉《だんろ》のある居間で、お茶を飲みながらその日のことを話したり、本を読んだりする団欒《だんらん》の時間があった。梅子にとって大好きな時間であった。梅子は、ランマンにその日の出来事を、少しずつ話し始めた。

　ランマン夫人は、事情がわかると梅子を優しく抱きしめた。梅子はまた大声で泣いてしまった。ランマン夫人は、スティーブンソン・セミナリーに通う近所の男の子に行き帰りの付き添いを頼んだ。そしてミス・スティーブンソン校長にあててその事情を手紙に書いた。梅子にとって最初の試練であった。


　その頃、新島襄《にいじまじょう》は森有礼に呼ばれてワシントンD.C.に来ていた。新島は、函館のハリストス正教会のニコライ神父の協力を得て、元治《げんじ》元年（一八六四）、二十一歳で函館から香港経由で密航した。米国の資産家の援助で、マサチューセッツ州のアマースト大学でウィリアム・スミス・クラーク教授に学んでいた。

　新島は、神田神保町の英語塾で共に学んだ津田仙の娘の梅子が、知り合いのランマン夫妻宅に滞在していることを知ると、すぐに梅子を訪ねた。

　その日の梅子は、小花柄のワンピース、ふっくらとしたペティコートをはき、フリルのついた白いソックスにエナメルの黒の靴、髪はきれいに編み込まれていて大きなリボンが風に揺れていた。

　テラスに置かれた小さな円形のテーブルには、紅茶のポットとお揃いのティーカップ。ストロベリーのジャムが添えられた手作りのビスケットの甘い香りが漂う。ランマン夫人とのお茶の時間であった。

新島は、どこにでもある米国の東海岸の家庭を思わせるその光景を眺めながら、利発な中にも、時折見せる梅子のにこやかな笑顔に救われながら声をかけた。

「初めまして、遠い日本からよくいらっしゃいました。
長旅のお疲れはないですか。
私はお父様に大変お世話になっている新島襄と申します」

「新島様。初めまして。私はウメと申します。
こちらでは、とても親切にしていただいています。
寂しくなると、父上様が持たせてくれた、二冊の本をいつも見ています」

「どのようなご本ですか。
これは！
これはとても貴重なご本ですね。素晴らしいです」

新島は、当時外国語はオランダ語が主流であった日本で、梅子の父親が娘の旅立ちのはなむけとして、なかなか手に入らないこの二冊の英語辞書を梅子に持たせたことに驚いた。それは『English Primer』（英語入門書）と　二百ページに及ぶ『A Pocket Edition of Japanese Equivalents for the Most Common English Words』（英和小辞典）であった。

そして最初のページに、仙のサインが入っていた。

My dear Ume
From the father Tsuda Senya
Yedo Dec 19th. 1871

日付けは、西洋で使われていた太陽暦で書かれていた。新島は、父親の深い愛情と娘に期待をかける強い思いを感じた。新島はその後、岩倉具視に通訳として雇われ、岩倉使節団と共に英国へ向かった。

一年ほど経つと、森有礼のはからいで、コネチカット州にホームステイしていた捨松と繁子が、ジョージタウンの梅子を訪ねてきた。三人は一年ぶりの再会を喜んだ。ランマン夫妻は、捨松、繁子の訪問をとても喜び、夫人の友人たちも招いて、日本からの賢い淑女たちとして、三人を紹介した。

八歳の梅子は、お得意の詩を英語で朗読した。十二歳の捨松は、ピアノが弾けるまでになっていた。繁子も十歳となり、三人はもうすっかり米国の少女となっていた。

三人は、久しぶりの再会に夜中までお喋りをした。会話はすでに英語である。梅子は、白い細い指でピアノを弾く捨松に尊敬の念を抱く。捨松の凜としてピアノに向かう姿と、その美しい音色がいつまでも消えることなくこころに残った。

森は、それぞれの家庭にホームステイをしたことの効果がすでに出ていることに、驚きと喜びを感じた。森はすでに日本への帰国が決まっていたため、この三人の少女たちの様子に安堵した。その後、それぞれのホームステイ先での手厚い教育により、梅子たちは、のびのびと米国東海岸の文化を感じながら、学業においても優秀な成績を残す。

明治六年（一八七三）、日本では、キリスト教禁止令が解かれた。明治新政府が明治元年（一八六八）に出した五つの禁止令の一つであり、切支丹《きりしたん》、邪宗門《じゃしゅうもん》の禁止であったが、岩倉使節団の欧米からの帰国の報告では、条約改正の条件の一つが、キリスト教の解禁であったのだ。この事実は、森によりランマンに伝わり、やがて梅子も知ることになる。

八歳となっていた梅子は、ある日洗礼を受けると言い、ランマン夫妻を驚かせた。ランマン夫妻と日曜日ごとに訪れる教会では、幼い子を含めその家族はみな洗礼を受けていた。梅子のこころの中には、キリスト教を少しでも受け入れたい気持ちがあった。ランマン夫妻のためでもあり、一日も早く米国に慣れ、米国の文化を学ぶためであると考えた梅子の決意は固かった。

ランマン夫妻は、プロテスタント系の米国聖公会《せいこうかい》に所属していたが、梅子の洗礼について森と相談した。梅子の帰国後のことも考えて、ペンシルバニア州フィラデルフィアのどこの教派にも属さない独立教会、オールド・スウィーズ教会を選んだ。

梅子は、小さな身体を祭壇《さいだん》の前に捧《ささ》げて洗礼を受けた。その時のペリンチーフ牧師は、梅子について「宗教上の問題に関わらず、理解力、談話《だんわ》は、どの米国女子にも勝る」「天賦《てんぷ》の才はますます磨かれる」と賞賛した。ランマン夫妻は、洗礼を受ける梅子の姿に、幼い子が真剣に米国での環境に慣れるための覚悟を感じ、胸が締めつけられるほどの深い感銘《かんめい》を受けた。

洗礼後に梅子とランマン夫妻は、マサチューセッツ州のインディアン・ヒルにあるランマン夫人の親戚宅で数週間を過ごした。初めての夏休みの旅行である。広大な米国の風景の美しさ。大地に咲く花々や動物たち。見るものすべてに梅子の胸はときめいた。

ある日の昼食会に、詩人であるヘンリー・W・ロングフェローが招かれた。ランマンのニューヨークの記者時代からの親しい友人であった。ロングフェローの息子のチャールズ・A・ロングフェローは二十七歳の時、一八七一年から三年間日本に滞在していた。岩倉使節団に同行したデロング駐日米国公使と親しく、築地外国人居留地に小さな家を借り日本の生活を楽しんだ。北は北海道から東北、南は近畿、四国、長崎と旅をして、その日記を写真も添えて父親に送っていた。屏風、陶磁器なども送っており、ロングフェローの日本への関心は大きかった。息子が関心を示していた米国女子留学生のことも知っていた。

梅子を見るなり、こんな小さな女の子が米国女子留学生としてはるばる日本から学びに来たことに感動した。ロングフェローは大変な子ども好きであり、梅子を膝に乗せその黒髪を撫でながら、楽しい話をたくさん聞かせた。帰り際にロングフェローは「ア・リ・ガ・ト」と言って梅子と握手して別れた。

この偉大な詩人との出会いで、梅子は詩がますます好きになっていった。その後、ロングフェローから手紙をもらい毎日眺めた。ロングフェローをはじめ多くの詩人の作品に親しみ暗記しては、ランマン夫妻に得意げに聞かせていた。

梅子は、スティーブンソン・セミナリーの卒業式の集いで、ウィリアム・ブライアントの詩『The White-Footed Deer』（白脚の鹿）各節四行、一八節からなる全編を、一行も間違えずに暗《あん》誦《しょう》した。

The White-Footed Deer

It was a hundred years ago.
　When, by the woodland ways,
The traveller saw the wild deer drink,
　Or crop the birchen sprays.

Beneath a hill, whose rocky side
　O'erbrowed a grassy mead,
And fenced a cottage from the wind,
　A deer was wont to feed.

She only came when on the cliffs
　The evening moonlight lay,

And no man knew the secret haunts
In which she walked by day.

White were her feet, her forehead showed
A spot of silvery white,
That seemed to glimmer like a star
In autumn's hazy night.

And here, when sang the whippoorwill,
She cropped the sprouting leaves,
And here her rustling steps were heard
On still October eves.

But when the broad midsummer moon
Rose o'er that grassy lawn,
Beside the silver-footed deer
There grazed a spotted fawn.

The cottage dame forbade her son

To aim the rifle here;
"It were a sin," she said, "to harm
Or fright that friendly deer,

"This spot has been my pleasant home
Ten peaceful years and more;
And ever, when the moonlight shines,
She feeds before our door.

ほとんどの生徒は本を見ながらの朗読であったが、梅子は、白脚の鹿の親子の哀れな物語の情景を思い浮かべ、一字一句にこころを込めた。ランマン夫人は、まだ九歳の梅子のその堂々とした詩の暗誦に感銘を受けた。

ランマンはその話を聞き、その感動を親交のあったブライアントに梅子の写真と共に送った。するとブライアント本人から感謝の手紙が来た。それは、梅子に「詩のことは忘れても良いが、弱い動物に対する愛の精神を忘れないでいてほしい」という内容であった。梅子は喜び、ますます数多くの詩に親しむようになった。ランマンは、梅子について日記にこのように書いた。

「日《ひ》出《い》ずる国から訪れた太陽の光であり
我が家を明るく照らしてくれた。

態度は好ましく　心と頭の働くは素晴らしく
国の恵みともなろう。
知性の輝き、性格の誠実さにおいてもまったく素晴らしい子どもである。
しかも年に似合わぬしっかりした考えを持っていながら
小羊のように朗らかで
年相当の遊びに夢中になった」

4　米国東海岸の青春期

コネチカット州ニューヘイブンのレオナルド・ベーコン牧師宅に預けられた山川捨松は、安政七年（一八六〇）、会津に生まれた。父親は、会津藩士の山川重固であった。捨松は、幕末の戊辰《ぼしん》戦争で板垣退助《いたがきたいすけ》率いる新政府軍が会津若松城に迫る時、まだ八歳の幼さで母親や姉たちと共に城内で負傷兵の手当や炊き出しなどを手伝っていた。

長兄の山川浩《ひろし》の妻は飛んで来た新政府軍の大砲の弾に当たり、捨松の目の前で命を落とした。悲惨な戦いであった。

戊辰戦争で敗退した会津藩は、明治元年（一八六八）に新政府軍に降伏した。その後、青森県下北半島に斗南藩《となみはん》として、藩士四千七百名と移るが、北の果ての凍《い》てつく大地で、土地は痩《や》せており、藩士の生活は困難を極めた。

末娘の捨松は、函館《はこだて》の坂本龍馬《さかもとりょうま》の従兄弟《いとこ》にあたる宣教師の沢辺琢磨《さわべたくま》に託《たく》された。沢辺はハリストス正教会のニコライ神父より洗礼を受けた、日本ハリストス正教会の最初の信者であった。捨松は、ニコライ神父を通して、函館のフランス人の家庭へ預けられ、フランス人家庭に馴染《なじ》み、フランス語にも触れていた。

山川重固は他界し、山川家は長男の浩が継いでいた。浩は、明治四年（一八七一）の廃藩置県により斗南藩が消滅すると東京へ出た。そして、妹の捨松を「米国女子留学生第一号」に応募した。

会津戦争の白虎隊《びゃっこたい》の生き残りであった次男の健次郎は、国費留学生としてコネチカット州ニューヘイブンにあるイェール大学で学んでいた。山川家は、戊辰戦争で辛い体験をしたが、明治新政府にその会津藩の武士精神を注ぎ、まだ十一歳であった捨松も新しい日本の女性となるべく、決意を新たにしていた。

明治八年（一八七五）、健次郎は、二十歳でイェール大学で日本人初の物理学の学位を取り卒業した。健次郎は、ニューヘイブンのベーコン家に住む妹の捨松に気を配り、よく訪ねていた。

捨松より先に日本へ帰国することになった健次郎は捨松を訪ねた。久しぶりに会う捨松に、日本を出発した時の少女の面影はすでになく、米国女性としての自立した姿がそこにあった。妹としても日本の女性としても誇らしい姿であった。

「捨松、あなたがお世話になっているレオナルド・ベーコン牧師はイェール大学の大先輩です。イェール大学でも教授でした。

南北戦争や奴隷解放運動《どれいかいほううんどう》でも、大変活躍されたお方です。よくお話を聞いて、ご迷惑のないように」

「はい。お兄様。よくわかっております。母上様とは毎日手紙を書いて日本語を忘れないように努めています」

「捨松、あなたは日本の初の女子留学生で、国費で来ているのです。くれぐれもそのことを忘れず、帰国したら日本の女子の模範になるように、勉学に励むように」

捨松は、米国での生活にすっかり慣れて、毎日が充実していることを健次郎につぶさに話した。梅子や繁子より年上の立場であることの自覚も持っていた。健次郎は、捨松に米国留学を決めた兄の浩とは、少し違った思いでいた。日本の文化を忘れぬよう、日本語を忘れぬよう助言する。健次郎は、帰国後も日本の様子を手紙に書いて頻繁《ひんぱん》に捨松に送った。

明治九年（一八七六）、十一歳となった梅子は、ランマン夫妻と共に、捨松、繁子も誘い、ペンシルベニア州フィラデルフィアで開催された米国独立建国《どくりつけんこく》百周年記念行事の万国博覧会《ばんこくはくらんかい》に出かけた。森有礼の後任として就任した吉田《よしだ》清成《きよなり》米国公使夫妻も同行した。梅子が洗礼を受けたペリンチーフ牧師宅に宿泊して、毎日のように会場に出掛けて行った。梅子は、久しぶりの三人の再会にこころ躍《おど》った。毎日が楽しく、深夜までお喋りが続いた。

梅子は、ランマンから、夕食後の団欒の時間に日本と米国との歴史についてよく聞いていた。ランマンは、素晴らしい文化を持つ日本をいつも賞賛していた。梅子は、日本人として、日本の数々の展示物を誇らしく思いつぶさに見学した。

フィラデルフィア万国博覧会は三十五ヶ国が参加し、国内外から一千万人が来場した。日本からは、西郷従道《さいごうつぐみち》を最高責任者として、多数の大工を派遣し、日本家屋の専用パビリオンを建てた。日本製品の輸出と外貨獲得《がいかかくとく》のために資金が注がれた。

日本茶、陶磁器《とうじき》の工芸品や伝統品、最高級の生糸《きいと》や絹織物《きぬおりもの》等の展示が目をひいた。特に絢爛豪《けんらんごう》華《か》な有田焼の一対の大きな花瓶は注目を集め、同博覧会の金牌《きんぱい》を獲得した。

発展途上国と見なされていた日本への関心と評価は、『ニューヨーク・ヘラルド』紙に取り上げられた。「ブロンズ製品や絹ではフランスに優れ、木工、家具、陶磁器で世界に冠《かん》たる日本をなぜ文明途上と呼べるだろうか」。日本の文化の数々に触れた梅子は、日本人であることに誇りを持った。

明治十一年（一八七八）九月、梅子は、ワシントンD.C.にある私立アーチャー・インスティチュートに入学した。この女学校は、少人数制のクラスで百人規模の生徒数であり、中流家庭以上の女子が学んでいた。梅子は家から少し離れたこの女学校に、乗り合い馬車でひとりで通った。自立した女性を感じた。馬車から眺める景色にこころときめいた。

梅子は、一般的な授業以外に心理学、天文学、英文学、フランス語、ラテン語、音楽、絵画を学んだ。女学校では珍しく、かなりレベルの高い学校であった。

西洋式の礼儀や作法も学んだ。卒業の時にアーチャー・インスティチュートで受けた証明書には「ミス・ツダはラテン語、数学、物理学、天文学、フランス語に抜群の成績を示した。彼女は学んだ学課すべてにおいて優れた理解力を表した」と記録された。何不自由のない中流以上の米国東部での生活。梅子は、ランマン夫妻の愛情を充分に受けて、学問だけでなく、ランマンの手ほどきで絵画にも精通していった。

梅子は、ワシントンD.C.に着いてから、ピアノの美しい音色に魅了されていた。ランマン邸の居間にあるピアノは、梅子の部屋に移された。ランマン夫人は、ピアノの教師を付け、梅子は週に数回レッスンをした。梅子は、毎日ピアノを弾いた。ピアノのレッスンはなんとも楽しく夢中になる。初めは、同じ短い曲の繰り返しであったが、やがて楽譜も読めるようになり、欧州の多くのクラシック音楽にも触れていく。

持ち前のバランス感覚と、秀《ひい》でた観察力により、洞察力が自然と養われていった。学校では、特に理数系が秀でていた。理知的な梅子の一面でもあった。読書熱は高まり、ランマン邸の三千を超える書の中から、親交のあったロングフェロー、ブライアント、そしてワーズワース、バイロンなどの作品を読んだ。シェイクスピアの戯曲にも夢中になる。

梅子の興味は、物理や科学、そしてピアノなど音楽の世界にまで広がっていった。ランマン夫妻は、それらすべてを、天才的に吸収していく梅子に驚き慈しんだ。我が子のように深い愛情を注いでいった。

明治十二年（一八七九）の夏休みは特別のものとなった。森有礼が初代米国代理公使であった時の相談役のＢ・Ｇ・ノースロップに連れられて、梅子は、捨松、繁子と共に、米国とカナダをまたぐナイアガラの滝から、カナダに向かう旅に出る。それは、米国の大自然を満喫《まんきつ》しながら、異文化を体験する旅であった。

ニューヨーク州の北西にあるワトキンス・グレン州立公園に着いた。そこは、木々に囲まれ高くそびえる岩盤《がんばん》が続く壮大な渓谷である。岩盤の隙間にはいくつもの湧水や水脈が見られ、大きな滝は勢いよい。水の流れは曲がりくねってどこまでも続いていく。静かで荘厳なその景色に梅子はしばし見とれた。

その後ナイアガラの滝に向かう。その水量や迫力は、言葉では言い尽くせないほどであった。梅子たちは、言葉を失うほどのその光景に驚愕《きょうがく》した。その後、オンタリオ湖を横切り、カナダへ入国しトロントへ向かう。さらに、美しい教会や立派な建物が立ち並ぶモントリオールを訪ね、歴史都市ケベックを回った。カナダは、米国と違って古い街並みを残していた。米国と違ったカナダの歴史にも触れた。

カナダのこの地域の女性たちは、早口でフランス語を話していた。捨松の得意とするフランス語である。梅子と繁子もフランス語を学んでいたので、三人はフランス語での会話を楽しんだ。

この長いカナダへの旅行は梅子の生涯忘れられない感動となり、梅子は、ナイアガラの滝の感動を、「How I spent my Summer Vacation 1879」と題して詩を創った。

このように毎年の夏休みの旅行は自然に浸り、そのたびに、梅子のこころは、解き放たれていった。梅子は、壮大で偉大なアメリカ大陸を知り、その歴史書や文学作品を読むようになる。

レオナルド・ベーコン牧師宅に預けられた捨松は、明治十一年（一八七八）、ニューヘイブンのヒルハウス高校から、ニューヨーク州のハドソン河に沿った街、ポキプシーにあるヴァッサー大学に入学した。ここは、歴史ある全寮制の女子大学であり、そのレベルは米国の最高峰であった。一八六一年に醸造業で一代で富を築いたマシュウ・ヴァッサーが、男子と同じ教育を目標として創設した。豊かな基金に恵まれ、キャンパスは、立派な校舎や寄宿舎、荘厳な図書館、広大な敷地を持つ素晴らしい環境であった。

捨松は卒業までの四年間を、謳歌《おうか》していく。東洋人の留学生は、珍しい時代であったが、その華麗な美しさと知性は同学年の学生を魅了した。捨松はすぐに学内の人気者となる。

大学二年の時、学生会の学年会会長に選ばれ、優れた成績の学生のみが入会を許される「シェイクスピア研究会」にも入会した。捨松は、国費での留学生としての強い自覚を持っていた。兄の健次郎から送られてくる手紙により、日本の国際情勢における立場や、米国内での話題にも明るかった。

卒業生代表の講演会に、捨松の卒業論文「英国における日本外交のあり方」が選ばれた。捨松は振袖姿で登壇した。その内容は、英国の日本への政策を批判したものであり、自由を尊ぶ米国人をおおいに喜ばせた。外交について講演した最初の日本人女性として、『ポキプシー・イーグル』紙、『ニューヨーク・タイムズ』紙に、その講演会の内容とともに「美しい英語を話す日本人」として大きく掲載された。

捨松は、上位の成績者に与えられる「magna cum laude」（偉大な名誉）を受けた。初の学位を取得した日本人女性として、名誉ある卒業生の総代のひとりにも選ばれた。

歴史家でもあるジョン・アボット牧師に預けられた永井繁子は、文久《ぶんきゅう》元年（一八六一）に幕府外国奉行の益田《ますだ》鷹之助《たかのすけ》の四女として生まれるが、五歳で幕府の軍医永井家の養女となる。長兄の孝《たかし》は、初代駐日公使タウンゼント・ハリスが下田から江戸に移った時に、麻布善福寺《ぜんぷくじ》に置かれていた米国公使館勤めをしていた。孝はハリスから英語を学び、文久三年（一八六三）父親の鷹之助と一緒に渡欧した。帰国して、横浜に出て多くの商取引を学び、その堪能な語学力を生かして商売を始めた。そして、世界初の総合商社三井物産を創立した。

また、中外物価新報《ちゅうがいぶっかしんぽう》（現在の日本経済新聞）も創刊するなど、渋沢栄一、岩崎弥之助《いわさきやのすけ》ら財界人や政界人に顔が広く、日本の経済界をリードする人物であった。女性にも教育の必要性を強く感じており、これからの日本を考えて、妹の繁子を「米国女子留学生第一号」にと決めていた。

繁子は、ジョン・アボット牧師の娘のエレンが邸内で開いていたアボット・スクールで学んだ。エレンを校長とするアボット・スクールは、初等科から高等科まで備え、授業内容や教師陣のレベルが高かった。授業内容は、ギリシャ語、ラテン語、ドイツ語、フランス語。さらに歴史と数学、哲学に加えて、器楽、声楽など高度な内容であった。エレンの母のアボット夫人も教師として自然科学を教えた。繁子は、特に、アボット家にあるピアノに興味を抱き、早くからピアノを学んだ。

エレンは、繁子を連れ出してあらゆるところを旅した。エレンやアボット家の愛情溢れる教育により、ヴァッサー大学音楽科の、かなり難しいピアノの実技がある入学試験にいどんだ繁子は、捨松と同時期にヴァッサー大学音楽科に合格した。ヴァッサー大学は女子大学で最初に音楽科も設け、音楽教育のパイオニア的存在であった。繁子は、捨松と共に寄宿舎に入り、三年間で欧州のクラシック音楽のすべてを学んだ。学内コンサートも開催され、繁子は、ピアノの独奏、二重奏そして独唱などをこなした。卒業式前のコンサートでは自らが作曲した曲を弾いた。

そして、繁子は、エレンの友人の紹介で海軍士官の瓜生外吉と出会う。瓜生は、日本で海軍兵学校を卒業後に海軍省から命じられ、メリーランド州のアナポリス海軍兵学校で学んでいた。二人の交際は続き、留学中に将来を約束した。瓜生二十四歳、繁子は十九歳であった。

明治十四年（一八八一）ヴァッサー大学の音楽科の学内コンサートが開かれた。繁子の最後のヴァッサー大学のコンサートである。

繁子はショパンの『華麗なる大円舞曲』を弾いた。みごとな演奏に割《わ》れんばかりの拍手が起こった。繁子の目には涙が光っていた。三年間の音楽科を無事修了し、精いっぱい学んだ充実感の涙である。

二日後の卒業式には、梅子、捨松、エレン、アナポリス海軍兵学校から瓜生と、瓜生のアナポリス海軍学校の友人の世良田《せらた》亮《たすく》も駆けつけた。卒業式が終わると、六人は、ヴァッサー大学のあるポキプシーの街を流れるハドソン河の川下りを楽しんだ。船は幅広いハドソン河を緩やかに下っていく。会話は希望に満ち溢れていた。瓜生と世良田は海軍のエリートとして米国で学び、帰国後は、海軍のリーダーとしての活躍が約束されていた。

梅子、捨松、繁子は、帰国後に日本の女性の模範となるために、多くのことを話し合った。米国に留学して十年も経っている。日本での女子教育について想像すらできないが、米国での教育より優れているとは考えにくい。国費の留学であるがゆえに、帰国後にそれを生かし日本の女子の模範となる使命感がある。

捨松は、すでにヴァッサー大学で学び始めた頃から、学校を創り、米国で学んだすべてを日本の女子に教えることを考えていた。米国へ留学する前日に美子皇后から賜った御沙汰書は常に心にあり、決して忘れるはずもない。


捨松は、学校を創り、米国で学んだすべてを教えることが、近代化が進んでいく日本で女子の模範となると、その決意をみんなの前で語った。日本で立ち遅れている女子教育の先駆《さきが》けとなることが、日本の近代化に必要であることはみなわかっていた。

捨松の信念に満ちた言葉に、梅子と繁子は、こころの中にエネルギーが満ち溢れ、日本の女子のために力を注ぐことを誓った。三人は自然と手を取り合っていた。

アボット家で、公私共に繁子を任されていたエレンは、繁子の素晴らしい卒業コンサートの感動も冷めやらぬ中、日本から来た三人の女子留学生の希望に満ちたこの言葉、青春真っ盛りの日本の少女の美しさに圧倒されていた。エレンにとって、教育者としてこの上ない感動である。嬉《うれ》し涙が頬を伝った。

米国で青春を共にした梅子、捨松、繁子の決意を瓜生と世良田は、こころから祝福した。それは、笑顔と希望に満ち溢れていた。そして、日本の近代化のためにそれぞれが日本での近代化のリーダーとして模範となることを固く約束した。

夕暮れ近くになりハドソン河は夕陽に染まった。日本から来た五人の男女を祝福するかのように、大きな太陽が沈んでいく。ハドソン河の悠々《ゆうゆう》とした流れを、船は静かにすべるように進む。風が気持ちよい。未来への会話は、笑い声とともに絶えることなく続いた。

梅子、捨松、繁子はこの約束は、必ず叶《かな》うと信じた。米国で学べたことに、米国でお世話になったホームステイ先の家族に感謝した。

初代米国代理公使の森有礼のきめ細やかな愛情で、三人の将来を見据えてホームステイ先が決まり、梅子、捨松、繁子は米国の教育や文化、芸術までも学べた。

小学校のミス・スティーブンソン校長やアーチャー・インスティチュートの教師、ヴァッサー大学の教授、友人たちの顔が次々に浮かび、涙が頬を伝う。日本から米国に送り出してくれた家族を思った。梅子と捨松は、あと一年米国で学び、これからの日本の女性のための模範となることを誓った。

秋になり、繁子は一足先に帰国した。一年後に、ハドソン河での約束を果たすべく、梅子と捨松との日本での再会を約束した。

捨松は、ホームステイ先のレオナルド・ベーコンの娘で、二つ年上のアリス・ベーコンと、姉妹のように育ち深い友情を育《はぐく》んでいった。レオナルドは、イェール大学で神学の教授であり、米国でも名だたる牧師で、早くから奴隷解放を唱《とな》えたひとりである。

ベーコン家は代々牧師であり、黒人やネイティブアメリカンの子どもたちに布教したり教育の場を提供したりする異文化の環境があった。アリスは十二歳の時、アリスの姉のレベッカが副校長を務める、バージニア州の教育機関の「ハンプトン師範《しはん》学校」（現在のハンプトン大学）で九ヶ月間にわたり、臨時の教師となり算数などを教えた。

アリスにとって、これが初めての異文化体験であった。そして、その後に、東洋の日本から捨松がベーコン家にやって来たのだ。捨松は大歓迎を受けた。捨松は、アリスの妹として、共に学び、共に遊びベーコン家の一員として、溶け込んでいった。

アリスは、梅子、繁子とも友情を育んでいった。捨松から、日本へ帰国後、ハドソン河で交わした約束——日本の女子のために学校を創り、米国での学びを教えるということを聞き感動した。自分の夢もそこに重ねた。アリスは、いつか日本へ行き、日本の女子のために、学校を創りその夢を叶えると決めた。

やがて、アリスは、米国と日本を行き来しながら、生涯をかけて日本の女子教育の先駆けになるという四人の共通の志を共にして、生涯お互いを支え合い、より深い友情で結ばれていく。

5　日本への帰国

「米国女子留学生第一号」は十年間の留学であったが、梅子と捨松は卒業まであと一年を残していたので、日本政府に一年の延長を願い出ていた。

明治十五年（一八八二）、梅子はアーチャー・インスティチュートを卒業した。同時期にヴァッサー大学を卒業した捨松と共に、十一年ぶりに日本に帰国する日が迫っていた。

捨松は、幼い頃に会津若松城で負傷兵の看護をした経験から、米国赤十字社に興味を持っていた。米国赤十字社は、南北戦争で看護婦として活躍したクララ・バートンにより、一八八一年にワシントンD.C.で設立された。その本部は、一八六四年にスイスの実業家アンリ・デュナンによりジュネーブに設立されていた。

　捨松は、この赤十字社の国際的な活動と看護にも興味を持ち、帰国までの数ヶ月を、ニューヘイブン病院付属のコネチカット看護婦養成学校に通い、上級看護婦の免許を取得していた。帰国前のぎりぎりまで病院に入り、看護婦としての経験を積んだ。

　梅子は、ランマン夫人の紹介でペンシルベニア州のフィラデルフィアの鉄道王で、実業家のウィスター・モリスの夫人、メアリー・モリスに招かれた。プロテスタント系のフレンド派の重鎮《じゅうちん》であるモリス夫妻は、中東からアジアを視察して、日本にも立ち寄っている。特に日本への関心が強かった。

　モリス夫妻が居を構える、城のように瀟洒《しょうしゃ》な屋敷（現在のフレンズ・セントラル・スクール）には、新島襄をはじめ、米国東海岸を訪れる日本人や留学生の多くが足を運んでいた。メアリーは、ランマン夫人と親交があり、梅子については、幼くして日本から来た留学生として新聞の紙面を賑わせていたためよく知っていた。

　メアリーは、幼くして渡米した梅子が学業において、多分野にわたり優秀な成績を収めていることを讃えた。日本人でありながら、フレンド派の基本的な生き方を思わせる梅子の素直で誠実な性格を好んだ。軽やかに笑い、明るく純粋な心を持つ梅子であったが、興味のあるところは必ず熱心に、納得のいくまで何度も質問する姿勢に頼もしさを感じた。

　梅子は、数日にわたりモリス邸に滞在した。メアリーのひとり娘の梅子と同い年のメアリー・ホリングスワース（通称ホリー）と、モリス邸に長期滞在していたクララ・ホイットニーと親交を持った。

　クララの父親のウィリアム・ホイットニーは、明治八年（一八七五）、森有礼に招かれ「商法講習所」（現在の一橋大学）の教授として、クララを含め家族と共に来日していた。梅子の父親の仙は、ウィリアムが来日するとすぐに親交を持ち、娘のクララを仙の農園に招いていた。その後、ホイットニー一家は一八八〇年に米国に帰国するが再度日本への渡来を希望していた。

　メアリーは、恵まれない外国の女性救済のために、婦人伝道協会を設立していた。

　クララは、その伝道協会を手伝うため日本への来日の準備のためにモリス邸に滞在していた。クララは、四年前に日本に滞在中に訪れた仙の農場での薔薇《ばら》園やイチゴ狩りの話をした。

　梅子は、日本への帰国が近いこともあり、父親の仙や日本の様子などについて聞き、懐かしさを覚えた。年の近いクララとホリーと梅子の三人は、話題には事欠かない。お喋りは夜遅くまで続いた。梅子は、日本でのクララとの再会を約束した。


　ランマン夫人は、梅子の帰国の準備を始めていた。日本でも弾けるようにと新しくピアノを購入した。夫のランマンの傍らで梅子が描いた絵画も整理した。クローゼットに詰まった溢れるほどの洋服や、帽子に靴。夏休みに旅行した風景や、折々の節目に撮った写真。

　三百冊のあらゆるジャンルの英書など、その荷物の量は持ち帰れる限度をはるかに超えていた。

ランマン夫人は滞在中の梅子の記録を読み返した。

　一つひとつに思い出が詰まっていた。ランマン夫人は、七歳から十年にわたる梅子の記録を見て当時を思い出し、なかなか整理がつかないでいた。梅子のいない日々を考えただけでも胸が痛んだ。しかし帰国の日が迫り、気持ちは焦るばかりだ。梅子の日本の家族からの手紙なども丁寧に整理した。

梅子は、整理されたランマン夫人の記録や、日本の家族からの分厚い手紙の数々を見ると涙が流れた。母親の初子の書簡の入った桐の箱を開けてみた。それは、ランマン夫妻邸にホームステイが決まった時に、初子が毛筆で書いた巻物の書簡であった。

懐《なつ》かしい母の書であった。かすかに母が使っていた香の香りを感じた。母親の初子はよく香を焚《た》いていた。ゆったりと香を聞くその母の姿が梅子は好きであった。

米国に着いたばかりの幼い梅子は、この書を見て、母のことを思い出し涙がとめどもなく流れた。ランマン夫人は、まだ母親に甘えたい年齢であるにもかかわらず、太平洋を越えて遠い日本から学びに来たその健気《けなげ》な姿が愛おしくて抱きしめた。この書簡を見てランマン夫人は、大切に育てられた梅子を想い、気を引き締めて、さらに大切に育てることを決意したのだった。

重みのある大切な思い出はもうひとつあった。日本からの出発の時に初子が仕立ててくれた赤い晴れ着である。着物全体に金や銀の糸で細かな花や鶴などをあしらった刺繍、特に梅子が気に入っていたのは、左のたもとの刺繍であった。満開の花が咲く梅の木の上に、大きく翼を広げた鶴が舞っている。遠くへ旅立つ我が子への思いが、ランマン夫人の胸を突いた。

米国での学びを応援するかのような鶴の舞である。梅子は、ランマン夫人の前で、着物に手を通してみた。袖は短く丈も膝までしかないので大笑いしてしまった。

ランマン夫人は、あの時の梅子の幼さと、キリリと決意を持った姿を思い浮かべ、感無量《かんむりょう》となった。ランマン夫人は、ほとんど毎日のように梅子の記録を付けていた。梅子は、これほどまでに細かく記録を付けてくれたランマン夫人に、なんとお礼をいったらよいのか言葉が見つからない。帰国の日が迫ってくる。

日本の家族のことも思い出され、十年間もお世話になったランマン夫妻の深い愛情を改めて感じ、梅子は眠れない日々を過ごした。

お別れの日が来た。梅子は泣かないようにと決めていたが、朝の食事の時から、涙は止まらない。

好んで食べたオムレツが、バターのいい香りとともに運ばれてきた。しかしその朝食に、なかなか手を付けることもできなかった。もう、この幸せに満ちた朝食は食べられない。梅子はしぼりたてのオレンジジュースにだけ手を付けた。サンフランシスコまで鉄道の旅である。途中で捨松と合流し、シカゴまではランマン夫妻が同行した。

シカゴに着き、いよいよランマン夫妻と別れの時が来た。ランマン夫人は強く梅子を抱きしめた。梅子はランマン夫人の温かな胸に静かに抱かれた。言葉を出すとまた涙が溢れる。ランマンは梅子に、梅子の自伝を出版する計画があることを語った。そしてそのために、必ず毎日の出来事を手紙で送るように言った。梅子はこれからも続くであろうランマン夫妻の配慮に深く感謝した。

ランマンは、日本へ向かう途中の同志社英学校《どうししゃえいがっこう》（現在の同志社大学）のJ・D・デイヴィス教授に、サンフランシスコまで梅子と捨松を託《たく》した。梅子は捨松に肩を抱かれ、シカゴから大陸横断鉄道に乗り込んだ。遠くに霞《かす》むランマン夫妻にいつまでも手を振った。

十一年前に、サンフランシスコからワシントンD.C.までこの大陸横断鉄道に乗った時は一面雪景色であった。サンフランシスコに向かう車窓から壮大な、どこまでも続く米国の広大な風景を眺めながら、自由に満ち溢れた米国の精神を感じていた。

梅子は、十一年の年月を過ごした米国での学びと、この国の素晴らしさをこれからの日本の女性のために、どのように役立てていくのか捨松と語り合った。

一年前の繁子の卒業式の日に、ハドソン河の川下り時に交わした約束。帰国したら日本の女子教育のために学校を創り、日本の女子のための模範となることを誓った。そして再び、必ずこの学びを日本で生かす決意を語り始めた。

捨松のその思いがこもった一つひとつの言葉を、梅子はうなずきながら聞いた。コロラドの美しい渓谷が現れた。広い大地と美しい景色に未来を求めて、西部へむかう米国の人々。こころのままに行動する力強い米国の人々を、梅子は理解した。十一年間の留学を経て、十七歳となった梅子には、すでに米国の女性としての自由なパイオニア精神が備わっていた。

途中で寄ったワイオミング州のシャイアンではデイヴィス教授の講演会が予定されていた。人口五千人の小さな町シャイアンに着くと、梅子と捨松は、日本からの優れた留学生として注目を浴びた。険しいロッキー山脈地方で、広大な草原がひらけるシャイアン。梅子たちは、まだ西部開拓のなごりを感じるこの町で、ネイティブアメリカンのシャイアン族が生きてきた足跡《そくせき》を確かめた。

米国の歴史に触れ、とてつもないフロンティア精神の偉大さを感じた。米国を去る日が近づくにつれて、捨松は言葉が少なくなった。列車は、さらに西へ走る。壮大な砂漠に沈む巨大な太陽が、列車の窓一面にどこまでも続く。あと数日でサンフランシスコである。

梅子の脳裏には、ランマン夫妻との楽しい日々が次々と思い出された。旅が好きなランマンは夏休みごとに、郊外へキャンプやピクニックに連れて行ってくれた。ピクニックのバスケットの中は、チーズやサンドイッチで溢れ、オレンジや林檎《りんご》の甘酸っぱい香りが漂っていた。

長期の旅行にも連れて行ってくれた。湖水から流れる、ゆったりとした川をカヌーで下り、山々のお花畑にも登った。美しく楽しい景色が次々に思い出された。ナイアガラの滝への旅行で、降り注ぐ滝のしぶきに、ドレスをぐっしょり濡らしてしまったことなどは最高の思い出であった。

ランマン邸の、三千冊にも及ぶ多くの書物の中から、文学書を読みあさった日々。飼っていた「ネコ」という名前をつけた猫には、どれだけ慰められたか。行方不明になり、ランマンが数日かけて同じ種類の猫を探してきてくれた時は、嬉しさのあまり泣いてしまった。

初めての学校、スティーブンソン・セミナリーに通う時に、長い髪を引っ張られからかわれて不安な中、ランマン夫人に頼まれ毎日学校まで付き添ってくれた友人はどうしているのだろうか。離れに住んでいた下働きの家族は、どうしているのだろうか。ランマン夫人の目を盗んで日曜日のたびに、聖書を持って訪ねたことなども思い出しては、ひとりで笑ってしまった。

あの家族の子どものマイクは、今日もにこにこと笑って朝の庭掃除をしているのだろうか。内緒で植えた果物の種が発芽した時は、二人で喜び合ったことなど――。不思議とランマン邸でのことばかりが思い出される。

やがて大陸横断鉄道の旅は終わりを告げた。サンフランシスコに着くと、高い建物がたくさん建ち、街は繁栄していたが、十一年前に梅子たちが泊まったグランド・ホテル辺りは、その面影を残していた。最初に米国に降り立った街サンフランシスコ。思い出深い街である。梅子と捨松は、ランマンのはからいで、バークレーに住むランマンの友人宅に十日ほど滞在した。


明治四年（一八七一）の大々的な岩倉使節団の渡欧米は、米国に日本人の誠実さと勤勉さを印象づけた。幕末から明治にかけての欧米への日本人留学は、私費でも盛んに行われた。梅子の従兄弟である徳川十六代宗家の徳川家達をはじめ、士族の子息たちもこぞって留学した。

江戸幕府の長い鎖国が解け、戊辰戦争後の新政府軍の士族は明治新政府の実権を取り、負けた旧幕府軍の士族は廃藩置県後にこれから来る新時代のために、子息たちを欧米に留学させた。それはやがて日本近代化に向けた教育や科学、製造などの分野に多大な貢献を残すことになる。

封建社会から、近代社会へと世の中は急速に進んでいた。欧米ではジャポニスムが注目され米国東海岸の有識者の間では、日本の存在は東洋の中でも特別のものであり、興味深くまた好意的であった。特にプロテスタント系の多くの教派は、日本への関心が深く、太平洋を渡って多くの宣教師を、日本に送り込んできた。

米国では一八六五年に南北戦争が終わり、奴隷制度に終止符が打たれた。教育に変化が出始め、特に女子教育に目が向けられていた。米国東海岸において、日本からの留学生である梅子、捨松、繁子の三人は、常に注目を浴び、米国の新聞を賑わせた。米国民にとって最も興味をそそる存在の一つであった。

北海道開拓団による国費「米国女子留学生第一号」として、多くの期待を背負った三人。十一年前は、わけもわからず、ただみんなの後ろに付いていった最年少の六歳の梅子は、米国の教育と欧米文化の教養を兼ね備えた十七歳のレディーとして、帰国する日が来た。

明治十五年（一八八二）十月、いよいよ日本に向けてサンフランシスコから出航した「アラビック号」は、サンフランシスコから北の航路を取り、十一年前に乗船したアメリカ号よりかなり揺れた。その上、とても寒い。覚悟はしていたものの、梅子は早く日本へ帰るためにこの船を選んだことを後悔した。

船が横浜に近づくにつれて、梅子と捨松は、「米国女子留学生第一号」としての責任を果たすべく、また、その経験を生かしてどのような生き方が待っているのか、その期待に胸の高鳴りを覚えていた。

日本に着いたら、米国での留学生活の一部始終を一つ残らず話したい。そしてその経験を形にして、日本の女性のためにやるべきことが山のようにある。二人は希望に満ちていた。最後の夜は一睡もできなかった。かすかに陸地が見えてくると、梅子は、胸の高鳴りを感じた。

岩倉使節団について

明治四年（一八七一）、岩倉具視を大使として欧米を訪問して、諸外国と条約を結んでいる各国の国家元首に国書を提出することや、不平等条約の改正に向けての予備交渉、欧米諸国の産業を視察して文化や技術を学び、日本の文化や産業に貢献することが目的であった。サンフランシスコからワシントンD.C.までは大陸横断鉄道で向かい、約一年間米国に滞在する。英国滞在では、ウィンザー城にてビクトリア女王に謁見。その後各都市をつぶさに視察。ドイツではビスマルク宰相との官邸晩餐会に出席。ウィーン万国博覧会を視察した。その他の欧州諸国はロシアやスイスを含めた十二ヵ国の欧州の訪問。フランスのマルセイユからスエズ運河を通り紅海を経て、東南アジアのヨーロッパの植民地を訪問。一行が訪れた国は二十ヵ国を超え、明治六年（一八七三）帰国。欧米諸国視察の公式報告書として、明治十一年（一八七八）に『特命全権大使米欧回覧実記』が、随行の一人であった久米邦武《くめくにたけ》により執筆され、刊行された。

米国プロテスタント系フレンド派　Religious Society of Friends について

十七世紀に清教徒革命《せいきょうとかくめい》中に、イングランドで設立された宗教団体。創始者はジョージ・フォックス。多くの迫害を受け、一六八一年に米国に渡ったウィリアム・ペンが安全に暮らし信仰を守れる安住の地としてペンシルベニア州に創り上げた。迫害にもかかわらず、急速に強く結び付いた組織に成長した。平和、男女・民族の平等、質素な生活、個人が誠実であり続けることを信念としている。メアリー・モリスは「キリスト友《ゆう》会婦人外国伝道協会」を設立して日本への布教を推し進めた。明治八年（一八八五）にジョセフ・コサンド牧師が来日。津田仙の協力により、東京・三田に普連《ふれんど》土女学校（現在の普連土学園）が創設された。一九四七年ノーベル平和賞をアメリカフレンド奉仕団とイギリスのフレンド協議会が受賞した。信徒の著名人として、米国三十一代大統領ハーバート・フーバー、第三十七代大統領リチャード・ニクソン、新渡戸稲造と妻のマリーがいる。

ジャポニスム Japonisme について

十九世紀から二十世紀初頭にかけて日本の屏風、浮世絵、美術工芸品などが欧米に多大な影響を与えた。葛飾北斎、喜多川歌麿の浮世絵は、フィンセント・ファン・ゴッポ、クロード・モネ、ポール・ゴーギャンなど印象派に多大な影響を与えている。また陶磁器においては、伊万里の収集が始まり、マイセンの初期の絵付けの参考にされた。明治新政府になると、さらに横浜から多くの美術品、陶磁器、漆器、浮世絵などが輸出された。日本の独特な色彩や、構図、クオリティの高さが欧米の美術関係者に衝撃を与えた。文学に関しては、詩人ヘンリー・W・ロングフェローによる詩『ケラモス』（陶磁器）は、世界の窯を訪ねる空想の旅の中で、日本の伊万里の自然の美しさと陶磁器について書いた作品が有名で、今も多くの欧米の人々に読まれている。

第二章　帰国後の憂鬱《ゆううつ》

1883年11月、梅子18歳頃。近代化が進み鹿鳴館が開館し、完成したばかりの鹿鳴館で大山巌と山川捨松の結婚披露舞踏会が行われた。1882年10月に約11年間の米国留学から帰国した17歳の梅子は、先行きに不安を感じていた。裏表紙参照。イラスト／鈴木昇（工業デザインコンサルタント）

1　「米国女子留学生」の落胆

明治十五年（一八八二）十一月、アラビック号の船員の「富士山が見えたぞ！」の大きな声に梅子と捨松は甲板に急いだ。雄大な富士山がくっきりと見えた。日本に帰ってきた興奮に二人は手を握り合った。やがて、アラビック号は、横浜港に接岸していく。十一年ぶりの日本である。遠くから、数人が乗ったタグボートが近づいてきた。

大きくハンカチを振っている女性が見えた。それは、まさしく共に留学時代を過ごした懐かしい永井繁子の姿であった。

「シゲ！　シゲ！」

梅子は、大きく手を振り大きな声で叫んだ。

捨松も、涙ぐみながら大きく手を振った。

初老の男性と、スーツを着て山高帽《やまたかぼう》をかぶった男性、それに数人の女性が乗ったタグボートが、こちらに向かってきた。梅子と捨松は出迎えなど想像もしていなかった。この思いもよらない光景に、二人は涙ぐみながらさらに大きく手を振った。繁子の懐かしいほほ笑みに、梅子は心が躍った。

日本に帰ってきた喜びと、祖国での生活が始まる期待感で胸がいっぱいになった。タグボートから降りた繁子が二人に飛びついてきた。三人はお互いに抱き合い喜び合った。涙が流れ言葉にならない。

幼かった梅子が十七歳のレディーとなって日本に帰ってきた。家族との十一年ぶりの対面である。梅子の姉の琴子《ことこ》は無事に帰国した喜びに涙した。父親の仙はすっかり洗練された西洋女性となった梅子を見て感無量であった。

捨松は二人の姉が出迎えに来ていた。無事を喜び合った。山高帽の男性は、ニューヨーク元領事の高木三郎であった。留学中は、日常生活も何かと気にかけてくれていた。高木は、梅子と捨松と固く握手をした。英語で労をねぎらった。

横浜港に出迎えた多くの人々に挨拶を済ませ、梅子、捨松、繁子とその家族は、高木邸の昼食に招かれて、人力車に乗り込んだ。港は、人々も多く華やいでいた。人力車から見る横浜は煉瓦造りの建物が並び、行き交う人々の服装や髪型も以前とは様変わりしていた。

丁髷《ちょんまげ》の男性は見当たらない。特に明るい色合いの洋装の華やかな女性たちが目立った。十一年前よりはるかに発展していた。

横浜の高木邸で、帰国を祝う昼食の丁重なもてなしを受けた。高木は、ワシントンD.C.で書記官を勤め、森有礼が帰国すると後任として臨時代理公使となる。その後サンフランシスコ副領事を経て、ニューヨーク領事を勤めた。二年前から横浜で日本製の生糸の輸出の貿易会社を営んでいた。

食事は高木夫人の手作りであった。洗練された西洋風の広いダイニングルームで心のこもった和食が振る舞われた。

高木は、感無量であった。十一年前、梅子、捨松、繁子たちが、ワシントンD.C.に着いた時から面倒を見てきたのだ。あの時七歳だった梅子が、西洋の品格を備えた女性として目の前にいる。ヴァッサー大学を卒業した捨松と繁子も知的な女性として目の前にいる。無事に帰国した喜びと、その成長を目の当たりにして食事に手を付けるどころではなかった。

梅子は、差し出されたナイフとフォークには手を付けず箸《はし》を使った。不思議とすんなりと箸が使えた。その和食は優しい味付けであり、幼い頃に食べた精進揚《しょうじんあ》げや、温かい豆腐料理などが並び、懐かしさとともに味わった。食後には、美しい和菓子が出された。菊の花やモミジなどの形をした美しい菓子であった。季節感に溢れていて日本への帰国の喜びが高まった。

その後、梅子、捨松、繁子は、家族らと共に横浜から東京まで列車に乗り自宅へ向かった。十一年前は、鉄道は開通はしていたが一般には運行されておらず、岩倉使節団のために、新橋から横浜までの特別運行をしたのであった。今は多くの人が乗り賑わっていた。

梅子、捨松、繁子の車内での会話は自然と英語となる。洋装の若い三人が英語で絶え間なく会話をしている姿に、乗り合わせた乗客たちは驚いた様子で見ていた。しかし、三人はその様子には全く気がつかず楽しいお喋りが続いた。

麻布新堀町《あざぶしんぼりちょう》の梅子の家の前には、母親の初子、姉の琴子、梅子の弟の元親達《もとちか》、他に甥や姪たちが並び、その後ろにはその親たちが並んでいた。みな、梅子に優しいほほ笑みを浮かべている。梅子は笑顔で、英語で簡単な挨拶をした。

渡米中に生まれた妹や弟たちは、興味ありげに梅子を見つめていた。梅子は、握手《あくしゅ》を求めて右手を差し出した。一番年の近い弟の元親が手を差し出した。梅子は両手で彼の手を包み目を見つめた。元親は、恥ずかしそうにしていたが英語で挨拶をした。日本語がわからない姉の梅子に、どのように接したら良いのか戸惑っていた。

母親の初子や姉の琴子はその様子を温かく見つめた。そこにいた全員は、言葉にならずただ嬉しく、涙がとめどもなく流れて、顔を上げられない。梅子もその姿を見て涙が流れた。家族との会話は、父親の仙や姉の琴子が日本語に訳して家族に伝えた。琴子は、仙の協力で築地外国人居留地で米国メソジスト派が創設した「海岸女学校」（現在の青山学院）を卒業していた。

二階の梅子の部屋に入ると、仙が特別に用意したベッドが備わり、真っ白いきれいなシーツがかけられてあった。丸テーブルとひじ掛けのある椅子が一脚置かれていた。ここから日本での生活が始まると思うと不安がよぎったが、窓の外には、梅子の大好きだった仙の農園が夕陽に照らされている。

幼い頃に遊んだ農園での日々が思い出された。オランダイチゴの真っ赤な実をいくつも頬張って口の周りを真っ赤にしたこと。てんとう虫をつまみ、小さな蛙を追いかけて転んだこと。あの時の林檎の木は、太くなり枝を大きく伸ばしていた。

夕食の時は、ナイフとフォークが用意されたが、梅子はここでも箸を上手に使った。テーブルには、和食と梅子のために一品の洋食のオムレツがあった。梅子の米国からの手紙にあった、初めて食べたオムレツのおいしさの話を家族は覚えていたのだ。

姉の琴子がオムレツの作り方を「海岸女学校」の教師に習ったと言う。焼きたてのオムレツのバターの香りが漂う。蒸《ふ》かしたてのお赤飯、お煮しめ、温かいお豆腐のお吸い物、心地よい香りのぬか漬けや採れたての林檎も並んだ。

食事の前にはキリスト教式のお祈りをした。父親の仙と母親の初子は、明治八年（一八七五）ランマンの紹介で来日した米国メソジスト派の宣教師ジュリアス・ソーパーにより洗礼を受けていた。琴子と弟の元親と次郎、妹のふき子も洗礼を受けていた。食前の家族でのお祈りは、津田家では日常であり、梅子は嬉しかった。

みんなで囲む夕食は賑やかであった。その和食は幼い頃を思い出す懐かしい味がした。仙は少しずつ日本に慣れれば良いと話した。琴子は長旅の疲れを取るようにとその日は早めの就寝をうながした。

帰国して二日後に、梅子は品川御殿山《ごてんやま》の繁子の兄の益田孝邸に、捨松と共に招かれた。繁子は、帰国後は益田邸に移り住んでいた。益田は、総合商社三井物産、中外物価新報を設立しており、日本の経済界の中心的な人物であった。益田は梅子と捨松を歓迎した。

繁子は、特に日本語が全くわからない梅子を心配した。そして二人に、文化の違いに戸惑うことがないように、米国とは全く違う日本の習慣を細かく教えた。

梅子は、少しは日本語が話せる捨松と違って全く日本語がわからなかった。英語がわかる姉の琴子か、父親の仙を介して日本語を理解した。日常的な簡単な会話さえ困難である。この言葉の問題を解決しないとならなかった。

繁子は、明治十二年（一八七九）に文部省にできた音楽取調掛《とりしらべがかり》のピアノ教師として採用されていた。三人は、あのハドソン河で約束した捨松の決意、女子の学校を創り米国で学んだすべてを日本の女子に教えることを実現するために、やるべきことを話し合い志を新たにした。

三人の新しい出発を祝し益田夫妻と共に夕食を囲んだ。夜遅くまでお喋りが続いた。


翌日、益田の案内で、梅子たちは実業家の重鎮であり政界にも関わっていた深川福住町《ふくずみちょう》（現在の江東区永代）の渋沢栄一を訪ねた。渋沢邸は、四年前に完成した広い日本庭園を持つ二階建ての大きな和風の建築であった。釘や金物を一切使わないはめ込み式の、日本の粋を凝らした建物であった。二階に上がる手すりは、丁寧に磨かれ、日本的な装飾があらゆるところに施されてあった。

着物姿で現れた渋沢は梅子たちを笑顔で出迎えた。日本庭園を望む広い和室に椅子とテーブルが置かれていた。畳の香りが新鮮である。やがて昼食が運ばれてきた。

二段の重箱には卵焼きや揚げ物、モミジ型に型抜きされた人参があしらわれたお煮しめなどがきっちりと詰められている。下段を開けると、松茸の炊き込みご飯のいい香りが漂った。

一つひとつが上品な味付けで、重箱に盛り込まれた料理は美しく季節感に溢れていた。それは、一枚の絵を見ているようであった。梅子は、色や香りなど季節感を盛り込んだ和食に、日本文化の素晴らしさを感じた。食後は西洋式のお茶のセットが運ばれてきた、香りのよい紅茶と焼き菓子であった。甘い香りが心地よい。渋沢のこころのこもったもてなしであった。

渋沢はゆったりとした風情で、幼い頃から親元を離れ、長きにわたり米国での留学をなし遂げた梅子たちを褒めたたえた。留学時代の梅子の女学校や捨松と繁子が卒業したヴァッサー大学の教育の内容などを聞き、これからの日本での生き方を尋ねた。捨松は、背筋を伸ばし留学時代に学んだことや感じたことをはじめ、日本の女子の教育にたずさわりたいということを英語で語った。

渋沢は、米国での留学は誰もができるわけではない経験なので、これからの日本女子教育のために邁進するようにと助言した。梅子は日本の経済界の中心にいる実業家の渋沢と益田からの励ましに勇気をもらった。

渋沢は食事の後に広い日本庭園を案内した。大きな池や松などが配置され、赤や黄色に染まった美しい日本庭園を見ながら、梅子は益田や渋沢の大きな支えを感じた。

そして、梅子と捨松と繁子は、これから日本の女性の模範となることを誓った。益田は妹の繁子だけでなく、共通の志を持つ梅子や捨松の今後に対しても、常に気にかけていた。

姉の琴子は、梅子が帰国する前の年に上野《うえの》栄三郎《えいざぶろう》と結婚していた。上野は、明治八年（一八七五）新島襄が京都に創設した「同志社英学校」で数学を学び、キリスト教については新島に学んだ。その後、仙の創設した「学農社農学校《がくのうしゃ》」（明治十七年閉校）で数学の教師を経て、実業家となり単身で渡米していた。

琴子は、梅子の帰国間近に生まれた二人の妹を含め、七人の妹弟がいる津田家に残り家事を手伝っていた。梅子に着物の着付けを教え、母親の初子と共に着物に合う髪形も試させた。

梅子は、洋装の時のように、ウエストを締め付けるコルセットを着けずに着られる着物をとても気に入った。肌着と白い襦袢《じゅばん》の上に重ね、しっかりと堅く織られた帯を締めると背筋が伸びて心が引き締まる。

梅子は、日本人に対して日常的には米国人と比べて物静かだと感じていた。その国民性と着物が、とても調和していると感じた。履物は、靴のように締め付けられることはなく快適だと感じた。ただし内股で歩かねばならず、洋装に慣れた梅子にはやや厄介《やっかい》であった。


梅子と捨松は、父親の仙と共に帰国の挨拶を兼ねて黒田清隆を訪ねた。仙には、梅子の英語を日本語に通訳する役割があった。黒田が提案した「米国女子留学生第一号」に賛同し、米国で女子留学生を受け入れた森有礼は、明治十二年（一八七九）に英国公使としてロンドンに渡っていた。

当時の黒田と森は、これからの日本の近代化のために、日本で立ち遅れていた女子教育に情熱を燃やしていた。しかし、目の前にいる黒田は、あの時の情熱溢れる姿ではなかった。四年前に妻を亡くした落胆に加え、前年の北海道開拓使解散に伴い、「開拓使《かいたくし》官有物払下《かんゆうぶつはらい》げ事件」の疑惑の真っただ中にいたのであった。

北海道開拓使の長官となっていた黒田は、北海道開拓の十年計画が終わりに近づき開拓使の廃止が決まると、同郷の五代友厚《ごだいともあつ》の関西貿易商会に、開拓使官有物である船舶、倉庫、農園、炭鉱、ビール、砂糖工場などを、安値かつ無利子で払下げをすると決定した。しかし世論の厳しい批判を浴び、払下げは中止となった。

日本の、これからの女子教育のために「米国女子留学生第一号」を提案した黒田は、払下げ事件のスキャンダルで、心ここにあらずであった。あの時の、日本の女子教育にかけた情熱はもうどこにも残っていない。十一年の歳月はこんなにも人を変えてしまうのか。

とはいえ、黒田邸のもてなしは実に華やかであった。華やかに踊る芸子や盲目の琴の演者も入り、梅子と捨松の米国留学を褒めたたえねぎらうものであった。しかし、それは、これからの日本の女子教育に夢を持ち帰国した梅子と捨松にとって、自分たちの夢とはかけ離れていた。目の前の黒田は、捨松と梅子の今後には全く触れない。出発前にはあれほど日本女子の教育のために、米国留学の必要性を説いた黒田であったが、あまりに無責任な態度であった。

捨松は、変わり果てた黒田をただ見つめていた。捨松を頼り、共に、これからの日本での未来に夢と希望を膨らませていた梅子はとても不安になった。仙は落胆した二人に、まだ道はある、夢を失わず希望を持つようにと慰《なぐさ》め、文部省に出向き今後の助言をもらうことを提案した。そして数日後に文部省に出向くこととした。

津田家では、父親の仙を中心にすべてが動いていた。家長である仙が、津田家のすべてに指示を出し、家族はそのように動いた。夕食が終わると仙は自室に入り読書や書き物をした。母親の初子と琴子は食事の後片付けに追われる。

梅子は、山のような食器を片付けながら、夕食後に暖炉のある居間で、ランマン夫妻と楽しく語り合った時間を思い出した。梅子は、ここが日本であるという事実を受け止め、大家族であるから仕方がないとは思うものの寂しさがこみあげてくる。

しかし、梅子は、姉の琴子を助け、すすんで妹や弟たちの面倒を見た。着物を着た幼い子どもたちは、畳の上でゴロゴロと寝転んで遊んでいる。好きな時にお菓子を食べ、くずを畳にこぼしている。午後のお茶の時間に、親子で揃ってお茶やお菓子を頂く米国とは違う。日本では、それもおおらかで、のびのびとして良いものだと梅子は感じた。

父親の仙は、明治六年（一八七三）、ウィーン万国博覧会に書記官として派遣された時に、オランダの農学者のダニエル・ホイブレンクの指導を受け、西洋式の農業の普及を目指した。帰国後は、農業に関する雑誌の翻訳や、出版などを事業としていた。農園内の「学農社農学校」では近代的な農業を学ぶために、全国から学生が集まっていた。

仙の発行した農業雑誌は、三千から四千部を月二回発行していたために、いつも多くの来客があった。梅子は、その接待や英文の手紙を書くなど事務的な仕事を手伝った。仙は「米国女子留学生第一号」としての梅子を自慢にして、自らの交友関係者に頻繁に紹介した。来客の際には、使用人ではなく必ず梅子か姉の琴子が接待役をしなければならない。

米国では、主人の来客の接待は妻の役目であり、主人と同等に会話をしてもてなすことが普通であった。しかし、日本では父親の来客の時に酌《しゃく》をして回り料理を運ぶ。会話をすることもなくただ娘というだけで、来客が帰るまで長い時間を共にしなければならない。

梅子は、この不合理な慣習を理解できなかった。父親には従わなければならないが、回を重ねるごとに苦痛となっていく。母親の初子は、常に夫に従う典型的な封建時代の妻であり、子育てと家事に追われ自分の意見などを言える状況ではない。姉の琴子は、梅子を理解するが、日本での慣習をすぐに変えることはできないと言う。梅子は米国と日本の違いに落胆していた。

梅子は、ホームステイ先のチャールズ・ランマンから梅子の自伝を出版するので、その準備として、帰国後の日本でのあらゆることを細かく手紙にして送るように言われていた。まだ日本語が自由に話せない梅子にとって、この英語で書く手紙は救いだった。一日の終わりに、日記のようにその日の出来事について書いては、頻繁にランマン夫人に送った。

ランマン夫人への手紙　　１８８２．11．29

私の家は日本ではかなり西欧風なのですが
ここですら、アメリカ風なやり方は奇妙な眼で見られます。
……女性は男性より遥かに人生の辛い部分を背負っています。
気の毒な、可哀そうな女性！　あなた方の地位をひき上げてあげたい！
でも、みんな満足して、何も気づいていないのに、私に何ができるというのでしょう。
これでも十年前に比べれば、
日本人は女性を尊敬するようになったのだそうです。
ああ、まず、言葉を覚えなければならないのに！

仕事にとりかかる前に、私の意欲や情熱がなくなってしまうのではないかと心配です。

『津田梅子』大庭みな子著より

2　それぞれの出発

年が変わり、梅子は日本のお正月を祝う。家族や親戚一同が集まり、餅をつきお雑煮を食べ、お節《せち》料理を味わった。

津田家では、お正月に子どもたちに贈り物をする習慣があった。梅子は、きょうだいたちへの贈り物とは別に、帰国の時に贈られた品々のお返しを用意した。その数は三十以上になったが、日本の贈り物を選ぶ楽しさを味わった。

梅子は捨松と帰国後の仕事を求めて文部省に出向いていた。しかし、まだ日本語での会話もおぼつかない状態での仕事探しは困難を極めていた。

春になり、梅子は、繁子の紹介で「海岸女学校」の臨時の英語教師になった。繁子は、米国で卒業式の日にハドソン河で交わした約束、日本の女子学校を創るために役に立つと考えていた。梅子は、片道一時間をかけて人力車で通った。様々な年齢の生徒たちの、週四回、一日三時間の授業を受け持った。初歩のアルファベット、英文法、英会話のほか、英語教師であったが歴史や地理なども教えた。

一つのクラスをグループに分け、それぞれのレベルに合わせた。その授業は評判がよく、その後も継続を依頼された。しかし梅子は断り、約束の約一ヶ月半で終了した。給料が外国人教師の四分の一という安さであったのだ。

米国で英語をはじめ多くの学問を学んだ梅子にとって、その給料の差は我慢ができなかった。麻布本村町から「海岸女学校」までの往復の人力車代だけもかなりの負担になる。梅子の日本語もまだまだ努力しなくてはならない状態であった。

欧米のプロテスタント系キリスト教は、開国後に日本で宣教を始め、築地の外国人居留地には十三もの教派が集まり、宣教師により日本女子のためのプロテスタント系の学校も多く創られていた。

梅子は、その宣教師たちの教育に対して違和感を覚えていた。それらの学校の教育は、キリスト教の精神を教えることが中心であり、これからの日本の女子を育てていくものとは全く違うと感じた。単なる西洋文化の押し付けとすら映った。

梅子は、日本語の勉強に関しては姉の琴子や父親の仙に頼った。妹たちの教科書なども使い自分で少しずつ学んでいたが、英語と違い、ひらがな、カタカナ、漢字、敬語などがあり、かなり困難を極めていた。


梅子は、仙や琴子と共に築地の外国人居留地のユニオン・チャーチに通った。そこはプロテスタント系の三つの教派が合同で主催しており、英語の礼拝が取り入れられ外国人のために開かれた教会であった。誰とでもすぐにうちとける社交的な梅子にはすぐに外国人の友人ができた。

夏になると、その教会の米国人の男女の友人から富士登山と箱根の旅の誘いを受けた。一週間の旅行で、二人の日本語の通訳としての同伴である。米国留学時代では夏休みごとにランマン夫妻と旅行をしていた影響もあり、旅行好きの梅子には気晴らしとなる嬉しい誘いであった。

当時、富士山に女性が登るのはかなり珍しく、列車はまだ走っていないため東京を発《た》つ時から人力車、籠、船を使っての旅である。数人の荷物を運ぶ人足《にんそく》を雇い、荷物なども運んでもらわなければならない。人足たちは外国人の旅行者には手慣れたもので、思いもよらぬ高額な金額を提示する。人足の給金、旅館の宿泊費などの交渉は梅子が担当した。

富士登山では、数人の人足が頂上まで荷物運びと案内に付いた。もともと山登りが好きであった健脚な梅子は、登りながら木イチゴの葉、山桜、珍しいシダを採集して押し花にした。ランマン夫人へ送るために小さな溶岩をいくつか持ち帰った。

やがて、石と溶岩の砂で荒涼とした光景が現れた。辺りは次第に暗くなり、六合目の粗末な小屋で泊まった。その小屋はとても寒く、梅子たちは肩を寄せ合い布団にくるまった。ストーブは焚かれていたが、ものすごい煙が立ち込める。友人の持参した缶詰を食べブランデーを飲んだ。

翌朝一番で、かなり険しい溶岩の岩を登った。梅子は体力には自信があったが、それでも人足に荷物を渡し背中を押され、助けられながら這《は》うように登る。最後の力を振り絞って、なんとか頂上まで着いた。

頂上から見る景色は壮大であり、それまでの苦しさを忘れさせた。巨大な荒々しい噴火口を見学して、尻餅をつきながらすべるように下山した。そして、その日のうちに箱根を訪ねた。箱根は、多くの外国人の避暑地として開け、外国人専用のホテルも充実していた。きらきらと輝く湖の先に、あの殺伐とした溶岩の山とは違ったみごとな富士山が見えた。

箱根の湖から見る富士山の美しさにはこころが洗われる。日本の象徴であるとあらためて感じた。やがて富士山に日が落ちていく。梅子は、帰国して初めて真近に見る壮大な富士山に、エネルギーを感じた。

日本人が信仰の山として崇《あが》める意味を理解した。帰国の時にアラビック号の船上から見た富士山。夢と希望に溢れていた帰国の日、日本への帰国を祝福してくれた富士山の神々しさを思い出した。

たどたどしい日本語を話す梅子は、行く先々で日本人から好奇の目で見られた。発音や言葉の使い方など、まだまだ日本語を学ばなければならないと感じた。片言の日本語では教師としては認められないことも痛感した。

帰国して初めての日本の旅は、梅子にとって久しぶりの安らぎの時間であった。しかし、相変わらず文部省からは何の連絡も入ってこない。帰国してすでに半年以上が経っていた。梅子は、国からも忘れ去られたような孤独感を味わっていた。


梅子にとっての一番の楽しみは、根津《ねづ》にある繁子の新居の瓜生外吉邸への訪問であった。繁子は、日本での慣れない生活とまだ日本語がおぼつかない梅子を、常に気にかけ、よく招いてくれた。瓜生邸は、梅子と捨松の家の中間地点にあったため三人は頻繁に会った。たわいもない会話であっても、英語で存分に話せることに梅子は慰められた。

不自由な日本語ではなく英語での会話ができ、梅子の気持ちが最も落ち着く場所であった。音楽、ピアノ、英語などを教える傍ら愛する瓜生のそばで幸せそうな繁子の姿を見るのは、梅子にとっても幸せなひと時であった。

繁子は、帰国後すぐに文部省直轄音楽取調掛となり、その後「東京音楽学校」（現在の東京藝術大学音楽学部）の教師となった。その後「女子師範学校」（現在のお茶の水女子大学）の教師も兼任する。繁子は、欧州の音楽のすべてを教えられる数少ない音楽教授となった。

繁子は、日本語を忘れないためにヴァッサー大学時代に一日一時間は、捨松と二人で日本語の会話をしていたので、読み書きこそ難しかったが、ピアノを教える上での日本語の会話はさほど不自由ではなかった。

瓜生邸は、英語で臆せず話せる唯一の場所であった。たびたび行われる集会には、軍人や、留学経験のある政府関係者なども多く訪れ、価値観の合う夢溢れる若者の集いの場所となっていた。

瓜生と繁子の結婚は、梅子が理想とする形であった。梅子は、ランマン夫妻のようにお互いを信じ合い、お互いの話に耳を傾け、なんでも話し合える夫婦を理想としていた。自分の結婚生活もそのようにありたいと思っていた。

文部省から捨松へ「女子師範学校」の生物と生理学の教師の依頼があった。捨松の得意とする課目で給料も高かった。しかし二週間後の着任といわれ、捨松は、黒板に日本語を正確に書くことに不安を感じた。家族の反対もあり、考えた末に捨松はその依頼を断った。

梅子や繁子、アリスと誓ったあのハドソン河での約束、共に女子学校を創る夢はどんどん遠のいていた。学校を創るにも収入のない捨松はその資金の目途も全くつかず、何より兄の山川健次郎に自らが学校を創ることに対して強く反対されていたのである。

明治十六年（一八八三）一月、益田孝邸で瓜生外吉と繁子の結婚披露パーティーが行われた。益田の進行により戯曲『ベニスの商人』が英語で上演された。

捨松は、ヴァッサー大学で優秀な学生のみで組織される「シェイクスピア研究会」に入会していた経験を生かし、台本、演出、衣装など一切を取り仕切った。

そして、判事のポーシャ役をみごとに演じた。そのきびきびとした演技、容姿の美しさ、洗練された英語は招かれた客を魅了した。結婚披露パーティーに招かれていた陸軍大将の大山巌は、美しく知的な捨松に一目惚れをしてしまう。

捨松は、明治元年（一八六八）、幕末の戊辰戦争で、板垣退助率いる新政府軍が、会津若松城に迫る時、まだ八歳の幼さで城内で負傷兵の手当や炊き出しなどを手伝っていた。その城に、容赦なく弾丸を撃ち込んできたのが薩摩藩の大砲隊長の大山巌であったのだ。その弾丸は長兄の山川浩の妻にあたり捨松の目の前で亡くなった。

そんな大山との婚姻を、新政府となったといえども、会津藩士を継いだ浩がそう簡単に許すはずはなかった。しかも大山は、すでに先妻を亡くし八歳を先頭に三人の娘がいた。その娘たちの継母となるわけである。その苦労は目に見えていた。

大山は、従兄弟の西郷従道を介して丁重に山川家に婚姻の申し込みをした。薩摩弁が全く理解できなかった捨松は、大山との会話をフランス語に変えた。大山のあきらめない情熱と、その誠実さに捨松は尊敬の念を抱いてゆく。三ヶ月間の交際を続け、悩みながらも大山の再三にわたるプロポーズに応えたのだった。

捨松は、帰国後に「皇后御沙汰書」を守り、自分は日本の女子のために模範とならなければならないことを大山に話した。大山は捨松の気持ちを理解した。大山は、自分との結婚は日本の近代化の模範的な女性になる道であることを繰り返し話した。捨松と大山の年の差は十八歳である。捨松は、大山の妻として、前妻が残した三人の娘の母親となる新しい生き方を選んだ。

梅子はランマン夫人に捨松の結婚を報告した。

ランマン夫人への手紙　　１８８３．４．11

……捨松が帰国したとき、大山氏が丁度独身だったのは幸運なことでした。彼はクリスチャンではありませんが、有名な男性には珍しく道徳的で、お酒飲みでもなく、みっともないこともしないし、大変楽しい人柄で親切な人物です。捨松の立場はとても難しいものでしたが、彼女が選んだ道は最良なものだと思い、私は特別自分の意見を述べず、瓜生夫妻と共に彼女の結婚に賛成しました。

『津田梅子』大庭みな子著より

永田町にある大山邸は、贅沢な馬車やグランドピアノがあり、大勢の使用人と門番に警官が従事していた。婚約の証としてスイス製の三つのダイヤが輝く指輪が贈られた。梅子はそれを羨《うらや》ましく思うこともなく、この結婚は、捨松と繁子と共に語り夢見た日本の女子教育の道を成し遂げるための捨松の決断だと思った。

しかし、捨松と共に女子学校を創る夢が遠のいていくようにも感じた。梅子は、一抹の寂しさを味わう。しかし独身の女性教育者としての山川捨松より、大山巌の妻としての影響力がずっと大きく、これからの日本の女子教育の後押しになると信じた。


明治十六年（一八八三）十一月、開館したばかりの鹿鳴館で大山と捨松の結婚披露パーティーが開かれた。政財界から八百人、外国公使関係者から二百人が招待された。千人を超える人々で溢れた煌びやかな西洋式のパーティーは、急速に進む日本の近代化を予感させた。

鹿鳴館は、西洋式の建築であり明治新政府の近代化の先駆けとして注目を浴びていた。新郎の大山巌と新婦の捨松が踊る西洋仕込みのダンスはとても優雅である。政財界の要人夫妻、外国人大使夫妻、外交官などの招待客を魅了した。

捨松の、英語、フランス語、ドイツ語による会話、堂々としたみごとな立ち居振る舞いに梅子は感動した。それは、近代化が進む日本の新しい女性としての捨松の姿であった。


梅子の結婚の話は、何度も家族や親戚から出ていたが、梅子は、結婚はお互いを想いお互いが尊敬し合えなければ意味がないと考えていた。生涯を共にする相手を、自分で決められない日本での封建的な結婚制度。そのように恋愛感情がなくお互いに尊敬できない結婚は考えられなかった。

梅子は、繁子が米国留学時代に瓜生と結婚の誓いをしたことを羨ましく思った。自分も同じように志を共にする相手との結婚を理想としていたが、この日本での環境では難しいとも感じていた。

梅子は、英語で会話のできる瓜生邸で出会う男性しか知ることはできなかった。それ以上範囲を広げるには、日本語の会話を上達させなければならない。しかし、結婚よりもこの国で生きていくためには、日本女性としての模範となるべく、日本女性のための教育の場所を探さなければならないと考えていた。

繁子の夫の瓜生も帰国後の梅子を気にかけていた。そして梅子は、瓜生邸を訪れるたびに、繁子に自分の力のなさを嘆いた。しかし繁子の夫である瓜生は、梅子、捨松、繁子と共に誓ったハドソン河での約束を忘れてはいない。常に梅子にこの言葉を言って励ました。

「誇りを持ち、自分たちが、日本の女性たちより
ずっと高いところに立っていることをよく認識するように。
あなた方は、選ばれた人たちなのだから」

梅子は、この言葉に励まされた。しかしこの先の自分の人生をどう生きるか、自分の居場所のなさや力のなさに、何をどうしたら良いのかわからず、深い悩みの中に落ちていった。ランマン夫妻の愛情溢れる、自由闊達《かったつ》な生活を思い、自由な米国女性たちの生き方を、ここ日本でどう伝えたら良いのか、いったいどのようにしたら理解してもらえるのか。

梅子は、十一年前の米国留学の出発の前日に、美子皇后から賜った「皇后御沙汰書」を守り、帰国後は日本の女性の模範となることを肝に銘じていたのである。

繁子は、梅子の帰国後に文部省からの仕事の要請がないことを嘆いた。男子は留学後は、必ず教授や政府関係の職に就いていた。捨松の兄の健次郎は、イェール大学留学後すぐに東京開成《かいせい》学校（現在の東京大学）の教授補となり、その後日本人初の物理学教授となっていた。

日本女性の模範となるべく渡った米国での留学は、何のためであったのか。美子皇后から賜った「皇后御沙汰書」は意味をなさない。梅子は、再三にわたり文部省へ問い合わせをしていたが、未だに何の連絡もない。梅子の日本語もまだ不完全であり、気ばかりが焦りなんとも落ち着かない日々を送っていた。

3　伊藤博文とのこと

明治十六年（一八八三）十一月、捨松の結婚披露宴が鹿鳴館で開かれる数日前に、梅子は、繁子の兄の益田孝に、外務大臣の井上馨邸で行われた天長節《てんちょうせつ》を祝う夜会に誘われた。父親の仙と一緒にイブニングドレスで出掛けた。

十二年前に岩倉使節団の副使として随行していた伊藤博文は、ワシントンD.C.まで同行した「米国女子留学生第一号」の梅子たち五人の少女を気にかけていた。あれから十二年あまりが経ち、西洋女性の品格を持ち美しくドレスを着こなす梅子を見た。

伊藤は、六歳であった梅子があの時の幼さとは別の凛とした、自立した女性らしく悠然と立つ姿に感動を覚えた。伊藤はそんな梅子に英語で声をかけた。

「ミス・ツダ。本日は、見違えるほどお美しいです。ダンスをご一緒にいかがですか」

梅子は、それが伊藤だとは気がつかなかった。

「ミス・ツダ。岩倉使節団のイトウですよ。もう十年以上も前に、米国にご一緒したイトウです」

「まあ！　ミスター・イトウ。わかりませんでした。本当にお久しぶりです。

私は、帰国して一年になりますがまだ日本語がうまく話せません。でも、ステマツ、シゲと私たち三人は毎日のように日本での役割について話し合っています」

「ミス・ツダ、それは素晴らしい。

僕は誰よりも、あなたの幼い頃を知っています。過酷な船旅に涙も見せない姿に感動していました」

「ありがとうございます。懐かしい思い出です。私はこの時代にこれから先、何をすれば良いか本当に途方にくれています」

伊藤は、英語できっぱりと言い切る梅子の幼い頃からの変容ぶりに驚いた。みごとな英語での会話。つつましい日本女性の品格も備えている。そして、梅子の憂いに満ちた横顔に、何かを成し遂げる芯の強さを感じていた。

伊藤は、知的で流暢な英語を話す梅子を見て、これからの時代に必要となる女性だと感じ、妻と子どもたちのために住み込みの家庭教師の依頼をした。伊藤は丁寧に父親の仙に書簡を送り、仙はその申し出を光栄に思い大変喜んだ。

伊藤は、梅子の英語力だけではなく、その西洋式の身のこなしや自分の意見を率直に述べる知的さと聡明さにも注目していた。日本の近代化の象徴として建築された鹿鳴館の開館式が迫っていた。女性にも正しい西洋式の礼儀や作法、英語を覚える必要があったのだ。

梅子には、永田町の伊藤邸の洋館の二階の二室があてがわれた。使用人付きであった。梅子は、家庭教師として毎日きっちりと髪を整え洋装となった。

朝は七時に起き、身支度を整えて母屋《おもや》で朝食をとる。その後は、英語を伊藤の妻や子どもたちに教えた。夕食は常にきっちりとした洋食のフルコースであった。前菜、スープ、魚と肉のメイン料理、デザートと熱いコーヒーとなる。そこでは西洋料理のテーブルマナーを教えた。西洋式の礼儀、洋装の着付けや身だしなみ、日常的な作法なども細かく教えた。

ランマン夫人への手紙　　1884.1.4

……粗雑なへんてこりんな日本語しか話せない私を、伊藤家の人びとはいつもとても親切に、丁寧に、尊敬するくらいの態度で扱ってくれます。ここでの生活は夢のようで、おかしな気分です。（中略）

伊藤氏は大使や外交官を招待するパーティーを開き、私に出席するように言いましたので、私は伊藤夫人の脇に立ってお客を迎え、少しばかり夫人の通訳をしました。私は夫人の友人で通訳だと紹介され、ちょっときまり悪く、その場にふさわしくない人間のようにも思えました。

『津田梅子』大庭みな子著より

梅子には、伊藤邸に招かれる外交官の通訳の役目もあった。梅子の完璧な英語に外交官たちはみな驚いた。伊藤の妻とその子どもたちの英語の授業は、なかなか思うように進まなかったが、梅子にとって新鮮な日々であった。

時には使用人をすべて引き連れて、熱海の別荘を借り切っての豪華な旅行にも同行して、伊藤家に溶け込んでいった。伊藤家には、次女の生子《いくこ》と、養女一人と養子三人合わせて五人の子どもがいた。特に梅子と年齢も近い生子とはすぐに友達のような存在となり、伊藤家にうちとけていった。

伊藤は、明治十五年（一八八二）明治天皇からの命を受け、憲法調査のために、西園寺《さいおんじ》公望《きんもち》など九人を伴い渡欧した。ドイツでは、ベルリン大学で法律を学び、プロイセン憲法の講義を受けた。その後ウィーン大学の憲法学者から、歴史法学や行政について学び、翌年の八月に帰国した。これからの近代的な内閣制度を創立するために東奔西走する伊藤は、明治天皇からも絶大な信頼を得ていた。明治新政府の大日本帝国憲法の起草の中心的人物であった。

伊藤邸には、昼となく夜となく多くの政治家たちが訪れた。何日も徹夜で議論が交わされた。怒濤《どとう》の勢いで議論を交わし憤慨して帰る者もいた。

時には書生と共に、梅子は部屋中に何段にも積み上げられた書籍、床に散らばった書きかけの書類などを整理した。分厚いドイツ語や英語の辞典は、表紙が擦り切れるほどであった。伊藤が、これからの近代化社会のために、日本で初めての憲法を制定する政治家として自らの命を捧げている気迫に驚かされた。

伊藤は、時間があると梅子と時事問題などについて真剣に話し合った。伊藤四十二歳、梅子十九歳、親子ほど年の違うこの二人であったが、年齢差を感じさせない議論は英語で行われ、梅子は自分の想いを率直に話せる伊藤との英語での会話に喜びを感じた。

それは、留学時代のホームステイ先のランマン邸の暖炉のある居間を思い起こさせた。毎晩夕食後にその日の出来事を話していたランマン夫妻との懐かしい団欒。今、伊藤と向き合って話せることが何より嬉しい。伊藤は梅子の話を受け止めた。

伊藤は、梅子の米国留学時代の話を熱心に聞いた。これからの日本の女子教育について話が及び、米国の女子教育の現状、梅子が体験した米国での生活、一般的な慣習や常識などについても熱心に聞いた。

また、キリスト教に関連した西洋思想などにも話が及んだ。キリスト教については、米国での留学生であった新島襄、初代米国代理公使であった森有礼、父親の津田仙と母親の初子も共に洗礼を受けていたことに、伊藤は驚いた。伊藤は、それほどまでに人を感化するキリスト教に関して、道徳や教義が他の宗教より優れていると好感を持っていた。

また、仏教や信仰に関して、夜中まで梅子との議論は続いた。伊藤は、梅子の女性でありながら客観的で冷静な視点からの見方に関心を示した。梅子と話すのが大変楽しく、時には気心の知れた親友のように接した。


ある日、梅子は伊藤から十歳年上の下田《しもだ》歌子《うたこ》を紹介される。歌子は幼い頃に祖母から読み書きを習い、五歳で俳句や漢詩を読み、和歌を作るなど神童ぶりを発揮した。十八歳で女官に抜擢され、宮中で女子教育係として務めた才女であった。

歌子は、士族の娘として身に付いた礼儀作法、儒学者であった祖父からの学識、和歌の秀でた才能で美子皇后から寵愛《ちょうあい》されていた。宮中での七年間の務めを終えた歌子は、その後、病弱な夫の看病をしながら自宅で女子向けの私塾、「桃夭塾《とうようじゅく》」（現在の実践女子大学）を開いていた。

そこでは、明治新政府を動かす伊藤や井上馨の娘たちをはじめ、他にも政府の要人の妻や娘たちが学んでいた。歌子は彼女たちに古典文学、和歌などを教えた。梅子は、机を並べ正座をして、古典文学を唱和させる歌子の指導を興味深く参観した。梅子が見た最初の日本式の授業であった。

典型的な良妻賢母を目指す歌子の女子への教えは常に威厳があり、揺るぎない誇りに満ちていた。伊藤は歌子の後ろ盾として存在感があり、男女間の噂も流れていたが、それを払拭《ふっしょく》する歌子の凛とした教えはみなから尊敬されていた。

歌子に英語を教え、代わりに国語と習字を習ううちに、梅子は古典文学に接しそれを学ぶことにこころを注ぐようになった。多くの英文学書とは違って、日本語の表現は多様であり、その意味や使い方の深さにも惹《ひ》かれていった。梅子は「桃夭塾」で英語を教えるようになった。

明治十七年（一八八四）七月、伊藤博文を中心に「華族令」が制定された。明治新政府により廃藩置県、四民平等などの政策がとられ、公家や大名たちは自分たちの地位を明らかにする必要があった。また議会制民主主義において、貴族院議員と衆議院議員の二院制を取り入れるためでもあった。華族は貴族院議員となった。捨松は大山巌伯爵《はくしゃく》夫人となった。

梅子は母親の初子の出産が近いことで、半年間家庭教師を務めた伊藤家から自宅に戻ることになった。姉の琴子が母親の手助けをしていたが、事業のために単身で渡米していた夫の上野栄三郎が米国から帰国することになり、津田家では梅子の手助けが必要となっていた。

梅子は、たった半年であったが、伊藤家での滞在で、日本の近代化に情熱を傾ける伊藤と志を共にし、これからの政府を担うであろう多くの政治家に接した。梅子は、次第にこの国の未来のために、女子教育者として生きることが、自分の道であると感じ始めていた。伊藤は、これから、欧米の文化や政治なども含めて、より多くを学べるようにと、自らが選んだ多くの英書を梅子に手渡した。その中には欧米の民主主義に関連した本も含まれていた。

梅子は、米国の女子教育の現状や女性たちの生き方などを、これからの政府を担う伊藤につぶさに話せたことと、本気になって伊藤と議論できたことに深く感謝した。この伊藤との親密な交流は、帰国後の梅子にとって最高の出来事であった。梅子は、伊藤をGreat Friend（偉大な友人）と名付け、誇らしいこととしてランマン夫人に手紙で伝えた。

ランマン夫人への手紙　　　　　　　　　1884.6.23

もちろん、今後の不安はありますし、伊藤家を去るのは複雑な気分です。
伊藤家の人びとはとてもよくしてくれましたし、生活は豪華でしたが、
それでも形式的な距離のあるいんぎんさで、
私は異邦人という感じで、自由で気楽とは言えませんでした。
けれど、それは大変豊かな経験で、新しい人生にとってきわめて有用な体験であり、
これを踏み台に飛躍する新しい教訓でした。

『津田梅子』大庭みな子著より

明治十八年（一八八五）十二月、第一次伊藤内閣が成立した。太政《だじょう》大臣に代わる初代内閣総理大臣を決める宮中会議にて、伊藤は、四十四歳で伯爵の地位であったが、英語に堪能であったことで、井上馨や山縣有朋《やまがたありとも》に推薦され内閣総理大臣となった。

伊藤は、大胆な政治改革に踏み切った。多くの政府の人員は三分の一に減らし、給与も政府の経費も大幅に削減した。職を失った何千人もの政府関係者からの暗殺も予測して暫《しばら》くは外出を控えた。この政治改革は、命の危険にさらされるほどの大改革であった。

米国留学時代に梅子や捨松、繁子を支えた米国代理公使であった森有礼が、初代文部大臣に就任した。三十八歳の若さでの抜擢であった。森は、翌年三月から四月に公布された「学校令」に関与して、日本のこれからの教育にこころを注いでいた。

「学校令」により、「小学校令」、「中学校令」、「師範学校令」が公布された。そして、伊藤は、「帝国大学令」を公布して帝国大学（現在の東京大学）を創設した。帝国大学は、法学部、理学部、文学部、医学部、工学部の五部門からなり、専門的分野を研究する大学院も併設された。将来を日本の近代化に捧げる多くの若者が集まった。

梅子は、森文部大臣が関与した「学校令」に期待を寄せていた。欧米のように、女子大学への道が開かれていく予感があった。

第一次伊藤内閣は、文部大臣の森有礼をはじめ、陸軍大臣に捨松の夫の大山巖、海軍大臣に大山の従兄弟の西郷従道、司法大臣には、岩倉使節団で随行した山田《やまだ》顕義《あきよし》が就任した。梅子が知る多くの名前があった。

4　華族女学校の教授に

華族や皇族が通うための宮内庁直轄《ちょっかつ》の「華族女学校」（現在の学習院女子中・高等科）の設立準備が進んでいた。下田歌子と捨松は、伊藤博文の要請で設立準備委員になった。歌子はもとより、捨松も大山巌伯爵夫人として、また米国大学で学位を取った日本でただ一人の女性として申し分なかった。

捨松の就任を喜ぶ梅子であったが、自分は、大学で学んでおらず、捨松と比べると専門的な知識も乏しく、日本語も完璧ではない。梅子は、今以上に学ぶ必要性を感じていく。

明治十八年（一八八五）十一月、「華族女学校」が開校した。梅子は、伊藤の推薦で「華族女学校」の英語教授補となった。美子皇后の肝入りで開校した「華族女学校」の女子教育の目的は、将来国家の指導者となる男性の妻としての教養を身に付け、良き母となるための教育であった。それは、儒教に基づくものであった。

六歳から十八歳までの女子約百三十名が入学した。体育などの野外活動も活発であり、運動好きの梅子はラケットを持ち込み、生徒たちに米国で覚えたテニスを教えた。運動が教科に取り入れられ、お揃いの運動着を着ての運動会も開催された。

明治天皇は、赤坂仮御所に住まわれ「華族女学校」とは地続きであったため、美子皇后は頻繁に「華族女学校」を訪れた。生徒たちの授業を、黒板の横に置かれた金屏風の前で椅子に座り、正面から熱心に見学した。梅子たちの教職員には絹織物、生徒たちには教科書や和歌集などを賜った。

梅子は、一年後にその功績を認められ英語教授に昇格となり、経済的にも自立できるほどの収入を得ることができた。米国から帰国して四年が経っていた。

梅子は、英語を教えることに誇りを持ち、それを仕事にできる環境に感謝した。最初にアルファベットを教え、英会話を重視し、発音は特に厳しく指導した。英文学は、多くの小説や、梅子が幼い頃米国で出会ったロングフェロー、ブライアントの詩などを教えた。日本文学にはない、それらの解放感に溢れる作品を教えたのだった。


梅子は、欧米文化に親しむこと、英語に触れる楽しさを教えた。生徒たちは日に日に英語力が付き、教える喜びを感じた。ランマン夫人には、教材として英語の絵本や英文学書を送ってもらった。生徒たちは驚くほど英文学に親しみ、欧米文化を吸収していった。

梅子は、実際に役立つ英語教育を目指した。卒業式には、生徒代表が英語で謝辞を述べるほどになっていった。梅子が持ち帰った分厚い英文学書や、ロングフェローの全集を読む生徒も現れ、教師として生徒が育つことに喜びを感じる日々であった。

しかし、梅子は「華族女学校」の方針である妻としての教養を高めること、良妻賢母の育成の域を出ない教えの中で、これからの時代の女性に大切なものが引き出されないもどかしさを感じ始める。

英語を学ぶことは、欧米文化を学ぶことであり、その文化の背景も見逃してはならない。そして、それぞれの生徒が持つ個性を伸ばす教育が必要と感じていた。

女性がその個性を伸ばし、教養も自分のために高めていくことを教えなければ、学校は単なる学業の習得の場所で終わってしまう。梅子が米国の女子教育で学んだことは、押し付けられる日本の女子教育とは違っていた。

華族女学校の方針を梅子は理解していた。しかし、近代化に向かう女子教育を目指すのであれば、この方針を変えていかなければならないジレンマを感じていく。

教師として、近代化に向かう日本の女子教育を変えなければならないと思うようになった。それこそが梅子が思う日本の女性の模範となることだと感じていた。思春期において、それぞれの個性を重んじれば、その才能を開花させることができる。しかし「華族女学校」の教育はあまりに画一的である。

米国とはあまりに違い、日本の女子教育はその才能までも摘んでしまうことに、梅子はやりきれない思いをつのらせていた。


捨松や繁子と三人で会えば、留学時代に戻り楽しい会話になる。日本の女子教育に対しての三人の志は変わらなかった。日本女性の模範となるべく学んだ米国でのすべてを教える気持ちは常に持ち続けていた。

三人はこれからの日本の女子教育について話し合った。そして、近代化に向けて日本女性の模範となることを確認した。そんな時は梅子のこころは安らぎ、より一層楽しい英語でのお喋りの時間となった。

　捨松は、大山家で初めての男児を出産した。やっと授かった大山家の跡取りのために子育てに専念する日が続いた。先妻の三人の娘の母親として多忙を極め、さらに鹿鳴館では大山巌伯爵夫人としての立場で、そこに集う夫人たちのリーダーシップをとっていた。繁子は、子育てと二つの学校で教鞭《きょうべん》を執り、そして自らのコンサートなども開催して多忙ながらも音楽家としての道を着実に歩んでいた。

　それぞれに夫と子どものいる捨松と繁子の環境と自分は全く違うことを、梅子は強く感じていた。梅子は、これからの日本女性を思い、あの米国で過ごした自由な体験を今に重ね、閉鎖的な日本の現状に対しても、何もできない自分の力のなさを痛感した。

　これからの自分の生き方に不安と戸惑いが増していった。何日も続くやるせない気持ちをランマン夫人への手紙にしたためた。

　ランマン夫人への手紙　　　　　　　　　　１８８７．１．２
……ああ、こんな憂鬱な夜には、あなたとストーヴを前におしゃべりしながら、
明るく燃え上がる炎を見つめていられたらなあ、と思います。
ああ、アメリカや、あなた方が、大きな海を隔てて、とてもとても遠いものに思えます。
手紙でお話するだけでなく、
直かに会えて、楽しむことができるのだったら！
私の幼年時代は遠くへいってしまい、

次つぎとその後湧き出して来た雲の中に私はいます。
アメリカでの交友や生活、幸せな時間は、遠く遠く霞んでしまいました。

『津田梅子』大庭みな子著より

米国でのホームステイ先のチャールズ・ランマンは、梅子の現状を心配して再三にわたり、梅子の自伝を出版したいと手紙に書いてきた。そしてその印税のすべてを梅子に渡したいと申し出ていた。

この当時、国賓や海外の外交官をもてなすための鹿鳴館での外交は盛んに行われた。しかし、その華やかな世界は、上流階級や政府高官たちだけのものであった。国民から離れて、急速に欧米化が進んでいくこの風潮を、新聞は面白おかしく報じた。鹿鳴館夫人たちのあらぬスキャンダルをでっち上げて紙面を賑わせていた。

梅子は、自分はまだまだ力不足であり、単に米国へ留学していたというだけで注目を浴び、スキャンダルに巻き込まれるかもしれないと危惧《きぐ》した。今の時期に出版は無意味であり、自分は英語を教えるだけの単なる教師に過ぎないと返事を書いた。

梅子のこころの中には大学で学びたい気持ちが芽生えていた。これから先のことも考え、より多くの専門知識を広く学ぶことの必要性も感じていた。しかし、唯一の帝国大学に女子の入学の道は開かれていない。梅子はランマン夫人に、いくつかの米国の大学の資料を送ってほしいと手紙を書いた。

5　アリス・ベーコンとの再会

「華族女学校」では、米国から教師を招くことになった。梅子は、米国留学時代の捨松のホームステイ先の娘で、捨松と姉妹のように育ったアリス・ベーコンを推薦した。アリスは、梅子や繁子とも夢を語り合った親友である。

アリスは、一八五八年、父親のレオナルド・ベーコンと母親のキャサリンの末娘としてコネチカット州のニューヘイブンで生まれた。ベーコン家は代々にわたる牧師一家で父親のレオナルドは、イェール大学の神学科を卒業後、母校で教鞭を取るとともに、黒人やネイティブ・アメリカンへのキリスト教の布教活動をしていた。

レオナルドは、黒人差別に対して学生時代に『On the Black Population of the United States』（わが国の黒人について）を出版した。その後、『Slavery Discussed in Occasional Essays, From 1833 to 1846』（奴隷制度についての所論）という本も出版した。それらの本は、南北戦争において社会的影響力を持っていた。

アリスは、十二歳の時に姉のレベッカが副校長となっていたバージニア州の「ハンプトン師範学校」で、九ヶ月間にわたり臨時に教鞭を取った。生徒と共に授業も受けた。その学校は、黒人やネイティブ・アメリカンを教育する特殊学校として名が知れていた。

アリスは、高校卒業後は、経済的理由から大学へは行かず、独学でハーバード大学の学士検定試験に合格した。その後、念願の「ハンプトン師範学校」で教師となっていた。幼い頃から父親のレオナルドの生き方を見ており、黒人やネイティブ・アメリカンの異文化に興味を持っていた。姉妹のようにして育った捨松や、同じ留学生の梅子や繁子との交流から、異文化の中での教育を一生の仕事にすることを決めていた。

梅子と捨松が帰国する前に、アリスは父親と母親を亡くしていた。ベーコン家では、アリスは末娘であり年の離れた兄や姉はすでに独立していたため、両親のいないアリスは日本で女子教育にたずさわることを希望していた。

アリスは、捨松が帰国した後も手紙でやりとりをしていた。

アリスは、捨松が梅子と繁子とハドソン河で交わした約束を聞き、自分も三人と一緒に日本で女子の学校を創り、女子教育にたずさわることに意欲を燃やしていた。


明治二十一年（一八八八）六月、アリスは、「華族女学校」の英語教師としての誘いを快く承諾して一年間の約束で来日した。アリスは大きな愛犬のコリーを連れて横浜港に着いた。初めての日本、親友たちの住むあこがれの土地である。

アリス、梅子、捨松、繁子は五年半ぶりの感動の再会を果たした。米国で十代を共に過ごした四人は、すぐに思い出がたくさん詰まった米国留学時代に戻っていった。米国での学びはすべて日本の女子教育のためにと話していたあの日々を懐かしみ、四人の会話はとどまることなく続いた。多感な十代を共に生き、共に学んだ親友との再会。アリスは念願の日本での女子教育に関われることを喜んだ。

梅子は、「華族女学校」の教授となり経済的にも安定していた。津田家から独立して、赤坂丹《たん》後町《ごちょう》に従姉妹《いとこ》で「華族女学校」の教師の渡辺政子とその娘の光子と住んでいた。アリスが来日すると、赤坂の紀尾井町《きおいちょう》にある外交官の留守宅に移った。そこは、大きな屋敷で、日本家屋と西洋式の住居が続いていた。

日本家屋には梅子と渡辺政子と光子、そして「華族女学校」の生徒数人が同居した。西洋式の住居にはアリスと愛犬と使用人が住んだ。アリスの手料理による米国式のパーティーなども開かれ、華やかな生活が始まった。

梅子はアリスに、帰国後からの自分の立場や憂鬱、日本女子の教育という志を抱いた捨松と繁子の結婚、ひとり取り残された孤独感を話した。捨松と繁子とは明らかに違う環境になり、日本の女子教育を目指して、これからどう生きればよいか、毎夜その苦悩をアリスにぶつけた。

「アリス。あなたが来てくれたことは、わたしの救いです。
これからの日本女性のために私がなさねばならないこと。
それは、十一年間の米国留学で学んだことを基本に考えました。
今の日本の女性の教育はまことに、残念なものです。
私は、華族女学校で英会話、英文法は教えられますが
それ以上のこれからの日本の女性のあり方などは
教えてあげることはできません。
語学は文化です。
多くの英文学の中に日本との文化の違いがあります。

「アリスはそれをわかってくれますね」

アリスは黙って梅子の話に耳を傾けた。梅子たちの留学時代から日本の女子教育に関心を持っていたアリスは、捨松からの細かな内容の手紙により日本での現状を把握していたが、梅子の悩みがここまで深いものだとは知らなかったのだ。

そして、米国での自由な学びの環境を日本の女性たちに伝えたいこと、生徒には学びに対して貪欲になってほしいことなど、梅子の率直な訴えを聞いた。

「華族女学校」の授業は儒教に基づくものであり、女性はいかなる時も男性に従い、子育てにおいても、男性に従う。知識は豊富にはなるが、知識を生かす力が著しく奪われてしまうことを梅子は嘆いた。アリスが赴任《ふにん》した日の朝礼ではこのような光景にアリス自身が驚く。

華族女学校の生徒たちとの初顔合わせ

体育館に入ると、

生徒たちは小さい背の順に列を作ってぎっしりとならんでいました。

彼らを見たとき、おもわずハンプトンのことを思い出し、

そこで教えていた貧しい黒人の子どもたちと、

この学校の華族の子供たちとを比べずにはいられませんでした。

ある一つの点で、彼らはとてもよく似ているからです。

それは、彼らの人生は、生まれ育った環境に束縛され、

自由に生きることができないという点です。

『華族女学校教師の見た明治日本の内側』アリス・ベーコン著、久野明子訳より

アリスには、「華族女学校」の生徒が、自分が教師をしている「ハンプトン師範学校」の貧しい子どもたちと同じに見えた。大きな圧力により、自分が感じていることを言葉にできない、いや言葉にすることさえ知らない。長い間の奴隷時代により、親から子どもに引き継がれている重圧のために、こころの解放ができない。可愛らしい幼子《おさなご》ゆえに、アリスにはその行く末が案じられた。

アリスは、捨松や梅子の手紙に書かれている事実以上に赴任の初日に、日本の女子教育のあり方を知ってしまった。

読み書きを教え、実際に役立つ裁縫や家事を教える。夫に尽くすための妻としての教養を高めるだけの日本の女子教育。それは明らかに教えるだけの教育であり、生徒たちの個性を引き出し伸ばすものではない。

梅子は米国で、少人数のクラスで、個人のレベルに合わせた教育を受けてきた。何よりも生徒たちの考えを吸い上げ、個性やレベルに合わせることの大切さを知っていた。

日本の教育は、米国での自由な感覚は皆無であった。梅子は、英語を教える上では言葉以外に、欧米文化に触れることも必須であると考えていた。しかし、その文化を教えることに限界を感じていた。この胸の内を理解して、受け止めてくれる米国の親友、共に同じ時代を過ごしたアリス

がそばにいる。梅子はそれだけでも心が落ち着いた。

梅子は、今までの胸の内を一気に吐き出した。この気持ちを相談する相手が日本にいなかったのだ。アリスと話すうちに梅子には、捨松、繁子と帰国する前に交わしたハドソン河の約束、日本女子のための学校を創る夢が少しずつよみがえってきた。

繁子、捨松の結婚により、現実から遠のいてしまってはいたが梅子の女子教育にかける情熱をアリスは理解していた。アリスは思いもよらない「華族女学校」の現実を見ることにより、梅子の心の奥底をより理解した。そして、このままでは梅子の行く道が困難を極めることも感じた。


内閣総理大臣に就任した伊藤博文により、明治二十年（一八八七）、「女子教育奨励会《じょしきょういくしょうれいかい》」（現在の東京女学館）が設立された。その目的は、欧米諸国の貴婦人と対等な国際性を備えた婦人の育成と、家事の訓練であった。それは良妻賢母教育の域を出ない教育であり、梅子たちが望んでいた日本女性の教育とは明らかに違っていたが、財界から渋沢栄一、岩崎弥之助が賛同した。

帝国大学英語教授のジェイムス・デクソンらをはじめとする外国人教師が集まった。欧米の貴婦人と対等な国際性を備えた、良妻賢母育成を目指す女子教育が始まった。

梅子は、日本の女子教育が少しずつ変わってきていることも感じていた。しかし、自分の理想とする女子教育を取り入れた学校はどこにもなかった。梅子は「華族女学校」の生徒に公私共に分け隔てなく接し、希望する生徒と積極的に同居した。生徒たちの英語力は梅子の指導で伸びていった。同時に多くの英文学書を読み、それにより西洋文化や思想も知ることになる。

梅子の知る米国の文化や思想の中で米国の女子教育は今どのように発展しているのか。その思いは日に日に膨らむ。米国でのランマン夫妻による深い愛に包まれ、多くの芸術に触れ文学により育まれた梅子の感性は、アリスと再会したことで米国で学ぶ気持ちが強くなった。日本の女子教育に必要なあらゆることを、梅子は毎日のようにアリスに話した。アリスと英語で話すことで、自分自身を見つめられ、次第に進むべき道が明らかになっていった。

アリスは梅子を理解していた。米国では誰よりも快活で冒険心に溢れていた梅子が、ここでは気持ちを封じ込めている。幼い頃から頭脳明晰で行動力のある梅子を知っているアリスは、梅子が理想としている女子教育の実現のために、さらに米国で学ぶことが今一番必要だと感じた。アリスは、梅子に再度の米国留学を強く勧めた。

梅子は、男性に都合の良い女性を育てるのではなく、男性とも自由に意見を交換できる関係をつくるため、女性の立場から、自分の意見をはっきり言える女性を育てていきたいと思っていた。その実現のためには、今以上に自分に実力を付けなければならない。捨松が四年間ヴァッサー大学で学んだように、英語に関しても他の学問に関しても、大学で専門的な学業を修得する必要がある。

他の国の学生との交流や、優れた教授からの生き方の学びもあるだろう。梅子は自分自身をステップアップさせるためにも、もう一度米国留学の必要性を強く感じていた。留学生として十一年を過ごしたあの米国でまた学べたらどんなに嬉しいことか。

アリスの米国大学留学の提案に梅子は背中を押され、留学を決意した。梅子は、帰国間近に訪ねたメアリー・モリスに米国大学留学への支援のための手紙を書いた。

メアリーは、世界一の会社といわれるペンシルベニア鉄道のウィスター・モリスの妻であり、フィラデルフィアではフレンド派のかなりの実力者で、海外の布教活動の中心人物であった。

メアリーは、海外への布教活動の一つとして、貧しく恵まれない海外の女性救済のために寄付をする団体「フィラデルフィア・フレンド・婦人外国伝道協会」の結成準備中で、アジア進出の第一歩に日本を考えていた。

お城のような大邸宅のモリス邸には、新島襄、内村鑑三《うちむらかんぞう》、新渡戸稲造などをはじめ日本からの留学生や在米の日本人が訪れていた。メアリーは、六歳で留学生として渡米した梅子の並外れた学力や聡明な行動が地元や全米の新聞紙上で何度も報じられていたので、人一倍梅子に注目していた。

梅子は、日本へ帰国する数ヶ月前にモリス邸に招かれ、年齢の近いメアリーのひとり娘ホリーと数日を過ごしていた。メアリーは、梅子の素直で快活な性格と物おじしない積極性に好感を持った。

梅子は、帰国後もメアリーと手紙を交わしていた。メアリーは、梅子のその才能を生かすためにも再度米国へ来て大学で学ぶようにと助言していた。

メアリーは、梅子が米国の大学で学ぶための支援を快く承諾した。すぐに支援のための基金活動を始め、知人であるジェームズ・E・ローズが学長を務めるフィラデルフィアのブリンマー大学への無償の入学と宿舎が早々と決まってしまった。

そのたった数ヶ月間の決定に梅子は驚き、感謝した。ランマン夫人の力添えにも感謝した。帰国してからも、自分の気持ちを理解してくれる知人が米国に多くいることを再認識し、何よりこのメアリーの支援が梅子に勇気を与えた。

梅子は、すぐにでも渡米したい気持ちを押さえ、休職ではなく「華族女学校」からの教育研究のための留学という形になるまで、約半年の間西村茂樹《にしむらしげき》校長と交渉を重ねていった。梅子はこれからの日本の女子教育のために、米国女子教育の現場の視察が必要であることと、帰国後のその教育の生かし方を語った。

「学校令」が公布され、梅子はこれから多くの学校が開設されていく上で、教師の質の向上のためにも欧米を視察する必要性と、教師も進んで欧米の教育法を学ぶこと、これからの日本の女子教育に良いところを取り入れるべきであることを強く語った。

今までは心の中にとどめていた「華族女学校」の教授としての立場を踏まえたこの発言は、極端な欧米化を目指す風潮を懸念していた西村校長の心を動かした。やがて、「華族女学校」から正式に留学という形になり、いよいよ米国に向けて念願の二度目の渡米となる。十八年前に訳もわからずに船に乗り込んだ時とは違い、明らかに梅子自身の意志での留学であった。

明治二十二年（一八八九）二月十一日、伊藤博文草案の「大日本帝国憲法《だいにほんていこくけんぽう》」が公布された。第二十八条では、あらゆる宗教の信仰の自由も保証された。梅子の父親の仙をはじめ多くのキリスト教信者にとって大歓喜の日となった。

そして、その日に、日本の女子教育に力を注いでいた森有礼が、凶刃《きょうじん》に倒れるという事件が起きた。森は、欧米留学時代にキリスト教には深い関心を示していた。欧米文化を日本に取り入れることを強く推奨したひとりである。

いわゆる「伊勢神宮不敬事件《ふけいじけん》」として、ある大臣が伊勢神宮で無礼な行為をしたという新聞記事により森が疑われ、国粋《こくすい》主義者により脇腹を刺された。傷口は深く、翌日に出血多量で亡くなった。四十三歳の若さであった。後にこの伊勢神宮での出来事は事実無根であることが判明する。

初代の米国代理公使であった森は、梅子、捨松、繁子の三人のホームステイ先を決めた。三人には、米国の中流家庭における日常的な生活を体験させ、米国文化に触れることで、これからの日本の近代化においての基本となる女性像を描いていた。

明治新政府においても、文部大臣として「学校令」の公布に関与し、小学校、中学校、師範学校、大学など学校制度の整備に奔走していたのであった。女子教育に対しては特別の教育観があった。アリスは、外出中に森の葬儀に偶然に出会う。

森子爵の葬儀　Viscount Mori's Funeral

歩兵、騎兵、砲兵、馬車に乗った大臣たち
そして徒歩で続く大学生と、高校生の列
葬儀の行列は長く堂々としたものでした。
森氏は、日本の習慣となっているお葬式への浪費に
たいへん反対しておられたので、

彼の望みどおりに簡素化するために、
あらゆる努力が払われました。

『華族女学校教師の見た明治日本の内側』アリス・ベーコン著、久野明子訳より

天皇皇后両陛下をはじめ、多方面から森の遺族に送られた見舞い金は大学の奨学金となった。ひときわ女子教育に理解を示していた森有礼の事件に、梅子、捨松、繁子とアリスは落胆した。梅子は、女子教育の必要性を唱えた森の意志を継いでいかなければならないと感じた。捨松、繁子、アリスは、梅子の決断をこころから賞賛した。梅子の二度目の留学がこれからの女子教育にとって必ず実を結ぶことと信じた。

大山伯爵夫人としての生き方を選んだ捨松、音楽教授そしてピアニストとしての職業婦人の生き方を選んだ繁子はそれぞれの道を歩んでいた。「米国女子留学生第一号」として、米国から帰国して七年の歳月が経っていた。

梅子は、より新しい日本女性の生き方を考えた時、自らが日本での女子教育者として知識と見聞を広め、そのすべてを日本女性に捧げるために米国で学び、学術的な知識だけではなく米国での女子教育の現場も知っておきたいと思った。

米国では、文化や産業においてかなりの発展があることは、ランマン夫人からの手紙からも感じられた。それは、再会したアリスとの会話からもよく理解できた。そして何より、異文化教育にこころを注いでいるアリスにとっても、梅子の留学はアリスの夢の第一歩であるといえる。

明るい陽射しが降り注ぐかのように、四人の夢が踏み出した瞬間だった。もどかしい日本で

の女性の生き方を、梅子なら変えられる。いや、梅子しか変えられる女性はいない。

七月、梅子は横浜港から出航した。日本女子教育となる米国ブリンマー大学への留学。捨松と繁子とアリスは、遠くに霞む船をいつまでも見送ったのだった。

第三章　さらなる飛躍

梅子は、1889年、さらなる飛躍を目指して米国ペンシルベニア州フィラデルフィアのブリンマー大学に入学する。25歳頃。(「再度のアメリカ留学時代（ブリンマー大学)」／津田塾大学津田梅子資料室所蔵)

1　ブリンマー大学にて

明治二十二年（一八八九）九月、梅子は米国ペンシルベニア州フィラデルフィアの郊外にあるブリンマー大学に入学した。ブリンマー大学の創設者、フレンド派のジョセフ・ライト・テーラーは医者であった。テーラーは東インド貿易の船医となり、そこで貿易のビジネスを手掛けて莫《ばく》大《だい》な資産を手にした。

そして、フィラデルフィアの広大な土地を購入して、フレンド派の女子大学創設に着手した。テーラーは志半ばで亡くなるが、ブリンマー大学はその莫大な遺産をもとに一八八五年に創設された。テーラーの遺書には「男子と同じように、女子にも同じ環境を与えるような女子大学とすること」と書かれていた。フレンド派の女子だけでなく、多くの女子に広く開放する方針となった。二五〇人ほどの学生数で小規模ではあるが、新しい校風の女子大学であった。

梅子が最初に留学した地であるワシントンD．C．のジョージタウンからはかなり離れていたが、フィラデルフィアはブリンマー大学への留学資金の支援をしてくれたメアリー・モリスの屋敷があり、何より思い出深い土地であった。

ブリンマー大学は、ブリンマーの駅から続く広い敷地に建っていた。緑の多い米国屈指の美しい並木道を持つ大学であった。創始者の名前を冠したテーラー・ホールは石造りの三階建てで、セミナールームや図書館や実験室があり、三階にチャペルがあった。二棟の寄宿舎では欧米からの女子が学んでいた。

テーラー・ホールの一階の中央部には直径一メートルの青銅の鐘が吊り下げられている。これは、一八九〇年にモリス夫妻が布教のために中東を訪れ、その後日本に立ち寄り京都の北野天満宮《きたのてんまんぐう》で購入し、寄贈したものであった。

男子だけに許されていた学問であった数学、哲学、ギリシャ語などの講義も開設された。それは、オックスフォード大学やイェール大学のカリキュラムに準ずる画期的なものであった。

小規模であることを補うために、近隣のハバフォード大学やペンシルベニア大学との協力プログラムも持っていた。余分な授業料を払わずに講義が聴け、単位も取ることができた。古いしきたりにとらわれず、個性が尊重され男性と同等に学問が修められる数少ない女子大学であった。

寄宿舎での生活は、あえて規則などはなく自分たちで考えたルールに基づき、自己責任のもとに学生生活を過ごしていた。自由であり節度を守る校風であった。

朝は六時に起き身支度を整える。七時に朝食を終えて教室へ行き講義を受ける。講義は一日三時間であるが、そのために五時間ほどの予習が必要だった。しかし、梅子はそれ以上に学んだ。日本では自由に表現できなかった言葉の壁は取り払われ、会話は弾み、本を開けば英語の活字が生き生きと目に飛び込んでくる。

夜は六時に寄宿舎で夕食となり、夕食後はサロンでの団欒となった。多様な欧米の国の女子たちがお喋りやトランプなどで思い思いに過ごす。

授業とは別に演劇会や音楽会なども盛んに行われた。学生による演劇上演などは、脚本から演出、衣装作りなどすべてを学生たちで行い、束縛されることなく自立しながら自由に学んでいた。

梅子は、専攻を生物学とした。七歳で通い始めたスティーブンソン・セミナリーでは、詩を愛し文学書にも親しんだが、広い農園を所有して早くから西洋式農業を取り入れた農学者の父親の影響もあり、幼い頃から動植物にはかなり興味があった。十三歳で通ったアーチャー・インスティチュートでは、理系科目も抜群の成績を修めていた。生物学を学べることにこころが浮き立った。

一八五九年にダーウィンの『種の起源』が出版され、世界的にも生物学は最新の学問として注目されていた。梅子は、毎日の講義の新鮮さにこころをときめかせた。図書館の書物の数、そのジャンルの多様さに感動した。英文で思う存分読むことができる。物理や科学の専門書など、読みたい本が山のようにあった。

科学関係の資料室や実験室も完備されていた。女子大学には珍しく科学の分野、特に生物学の施設や研究設備も充実していた。梅子は、珍しい本や多くの資料を読みあさった。時間が経つのも忘れ、寝る時間も惜しんで学んだ。

梅子は入学するとすぐに、学部長であったケアリー・トーマス教授と面談した。教授はブリンマー大学のカリキュラム、寄宿生としての心構えなどを端的にてきぱきと話した。

トーマス教授は、知性に溢れ、常に凜としていた。梅子がそれまでに出会ったことがない女性であった。女性教育者のパイオニアとして全米で注目されていた。

トーマス教授は一八五七年、フレンド派の医師のジェームス・トーマスの長女として、メリーランド州のボルチモアで生まれた。幼い頃から読書好きで、学業はどの分野でも秀でた成績であった。十四歳の時に、女性解放を唱えていたアナ・デッキンソンの講演を聴きに行き感銘を受けた。その講演は、女性も男性と同等の立場で生きること、平等に教育を受けることの必要性を説いたものだった。

ニューヨーク州の「コーネル大学」を優秀な成績で卒業し、その後メリーランド州の「ジョンズ・ホプキンス大学」、ドイツの「ライプツィヒ大学」で学んだ。しかし女性ということで学位は取れなかった。そして、学位を取るために三十二歳で再びスイスの「チューリッヒ大学」に留学し、女性として初の最優秀博士号を取得した。

トーマス教授は最先端を行く女性として注目された。そしてブリンマー大学の学部長となり、テーラーの意志を引き継ぎ女性も男性と同等に学術的な教育を受けられる女子大学を目指していた。

当時、欧米では、女子大学以外に女子が学位を取れる大学は少なく、学位を目指す女姓にとってブリンマー大学は貴重な大学の一つであった。

トーマス教授は女性教育者の先駆者として、ブリンマー大学は新しい女子大学として米国はもとより欧州からも注目を浴びた。トーマス教授は、女性初の博士号を取得するまであきらめない強い生き方を貫いた。女子教育者として多くの困難を乗り越えた揺るぎない強さを持っていた。

男女差別のある大学教育の中で、女子の教育に挑んできたトーマス教授は創設時からブリンマー大学の方針に深く関わり、学生には女性解放に向けて信念を持ちやり遂げる精神を教えていた。梅子は、その生き方に衝撃を覚えた。日本の女学校には、これだけのパイオニア精神と強いリーダーシップを持った女性はいない。梅子の最初の驚きである。

一方、「華族女学校」の英語教師として赴任していたアリスは、「華族女学校」の英語教師として一年間の任期を終えて米国に帰国した。異文化を体験する環境の中で育ったアリスは、訪日により日本の文化に対してさらに深い関心を示していた。そしてアリスは二冊の本を出版した。一冊は『A Japanese Interior』のタイトルで「華族女学校」に赴任時の日常の生活を日記として書いたものである。アリスは、毎日興味深くまわりを観察した。アリスはこのように日本の文化を見ていた。

大名屋敷の雛祭り　　Feast of Dolls at a Daimiō's Yashiki

……この徳川家は非常に保守的で、新しく取り入れられた太陽暦を使わずに、いまだに古い暦を使っています。

まるでペリー提督が開国を迫ったことなどなかったかのように、進歩的な家より一、二ヵ月後れてお祭りを祝っているのです。（中略）

何人もの召使いたちが戸口のところで私たちを出迎え、

お雛さまが飾られている部屋まで連れていってくれました。
二〇フィートもあるような赤い布がかかった五、六段の雛壇が部屋いっぱいに置かれ、
段の上には一〇〇年もたったようなお人形と、
その付属品がたくさん飾られていました。（中略）
日本の家にある調度品を完璧に真似て作られた小さなお皿や道具のほうが、私には興味がありました。ほとんどが、精巧に作られた銀細工で、
ほかには徳川の家紋の入った美しい漆器もありました。

宣教師の仕事　Mission Work

この山（著者注：比叡山《ひえいざん》）に宣教師たちが集まり、
自分たちの仕事を語り、経験談を交換し、考え方を比較しあうことによって
お互いを心ゆくまで理解することができたことは、
この会合のひとつの成果だと思います。
これからは、皆異なった場所に離れ離れになって帰っていくのですが、
大家族のように生活を共にしたので、皆の心のなかには同胞愛の感情が生まれました。
その感情が、一人ひとりの力となり、
宣教の力となる同じ目的意識を持たせることになると思います。

この山は、仏教の栄えた場所として有名なうえに、
日本のサムソンといわれる弁慶の好きな場所でもあり、
彼が手柄をたてた場所でもあるのです。

『華族女学校教師の見た明治日本の内側』アリス・ベーコン著、久野明子訳より

アリスが、「華族女学校」に赴任していた一年間の記録は、梅子と共に過ごした日本での日々をはじめ、英語教師としての日常生活から、比叡山、京都など旅行先の出来事までが、米国人女性の目を通して細かく観察されている。

徳川家とは徳川宗家十六代当主徳川家達のことであり、家達は、梅子の従兄弟にあたる。家達が英国留学を終えていたこともあり、梅子は帰国直後によく家達を訪ね英語の会話を楽しんだ。徳川家への訪問はアリスにとって貴重な体験となり、その後は水戸屋敷にも訪問し、自然を描写した日本庭園を絶賛している。

比叡山は十六世紀に焼き払われて、山は荒れ放題であったが寺院はたくさん建てられていたため、キリスト教の宣教師と仏教の僧侶が肩を並べて住んでいた。帰国が近くなったアリスは、横浜から神戸まで船で行き京都や比叡山を訪ねていた。

もう一冊は『Japanese Girls And Women』のタイトルで梅子と共に執筆したもので、共著者に梅子の名前こそないがアリスはその出版の印税を梅子と折半する約束をしていた。

ブリンマー大学が夏休みになると、梅子はアリスと落ち合い、執筆のためにバージニア州のハ

ンプトンにあるアリス宅で過ごした。梅子とアリスは、米国と日本女性のための意識改革、そのために必要な教育を日々論じた。日本から離れてみると、日本の女子教育の閉鎖的で国家主義的な思想を強く感じた。梅子は日本の女子のために想いを込めて本を書き始めた。

宮廷の世界

国民が皇后の姿を目にする機会は僅かである。しかし、一目見ただけで、深い敬意と敬愛の念を禁じ得なくなる。
皇后御自身は子宝に恵まれず、夫と他の女性とのあいだに子が生まれるのを目のあたりにすることになった。その子が皇位を継ぐことになる。このようななか、孤独で不幸な思いもしているに違いない。それでも日本女性が必要としていることに心をくだいている。
美子皇后は、伝説の英雄である神功皇后とともに、日本女性を自由で幸せな生活に導いた傑出した指導者として後世に名を残すことになるだろう。

『明治日本の女たち』アリス・ベーコン　矢口祐人・砂田恵理加訳

梅子は、日本の歴史と文化を中心に日常的な日本の女性像を赤裸々に書いた。美子皇后を歴史に残る古代の神功皇后と比較して、二人の皇后の崇高な指導を讃えている。
神功皇后は第十四代仲哀《ちゅうあい》天皇の皇后で、仲哀天皇崩御から応神《おうじん》天皇即位までの七十年間を摂政として君臨したとされる。

また、日本の女性の共通した特性をこのように書いた。

妻として母として
日本の母親の人生はすべて子どものために捧げられる。
喜んで我が子の奴隷となるのだ。（中略）
病気のときも、健康なときも、昼夜を問わず
常に幼い子どものことだけを考えている。
母親の優しい愛情は、貴族の屋敷でも、農民の住む粗末な小屋でも
あまねく変わることがない。（中略）
日本人の生活のなかでも、とくにすてきで印象深いのは、
母親の子どもに対する柔和で包み込むような愛情である。

侍の女たち
士族の女性は、男たちが体験した生活の激変を、勇気をもって、
忍耐強くわかちあってきた。何とかして生活を良くしようと、あらゆる努力をした。

そして、今日、教師、通訳、看護婦など、女性にふさわしいとされるあらゆる職に就いている。

官立と私立の女学校に通う生徒の大半は士族の出身である。

武士道精神は、今日の男性のみならず、女性にも根強く残っている。近いうちに、このような精神は家庭と家族をより強固なものにし、夫や父の気持ちだけが優先されることはなくなるだろう。

『明治日本の女たち』アリス・ベーコン著、矢口祐人・砂田恵理加訳より

これからの日本の女性について、欧米の妻や母親に与えられている安定と幸福を、同じように享受することができると書いた。

『宮廷の世界』では、美子皇后の時代の最先端を歩いた勇敢な姿は、まさに日本の近代化を欧米に示す模範そのものとなった。また、「妻として母として」や「侍の女たち」には、愛国心に満ちた妻や母親たちの壮絶な現状も書いている。どんな環境にあってもその女性性はどんなものより尊い。この女性性には梅子なりに解釈した武士道精神があると書いた。

執筆中に、梅子はアリスとの日本文化についての議論の中で、日本女性の地位のあまりの低さを感じ、米国で知った新しい時代の女性の育成が必要だとあらためて思った。日本の学校の環境は、米国にかなり後れを取っている。

江戸時代の終焉《しゅうえん》である大政奉還《たいせいほうかん》から約二十年、あらゆる面で日本の近代化は欧米に追いつけ追い越せと進んでいた。しかし教育現場では、特に女子教育においては遅れている。梅子は、欧米で起きた女子教育の差別問題はいずれ日本でも起きる、日本と言わずアジアでも、他の発展途上国でも起こりうる重要な問題であると思った。

米国大学留学を強く勧めてくれたアリスとの対話の時間は、日本女性を古代の歴史から振り返る時間でもあった。そして、そのことは時代の大きな転換期に日本の女性のために自分がなすべきことの使命感へと繋がっていった。

梅子は、自分自身に問いかけ、そして自らで結論を出した。それは、日本の女子教育のために自分が私塾を開き、日本の女性たちを解放に繋げることであった。ハドソン河で交わした捨松と繁子との約束を、梅子は自らが果たさねばならないと決意する。この決意をアリスに打ち明け協力を求めた。アリスは、梅子の決意を喜び、その時が来たら必ず協力すると約束したのだった。

梅子は、ブリンマー大学とは別に半年の間、オンタリオ湖の東南にあるニューヨーク州立オズウィゴー師範学校（現在のニューヨーク州立大学オズウィゴー校）で教育法を学んだ。

この師範学校は、教師養成のための革新的な学校であった。付属小学校を併設し、ペスタロッチ教育法を米国で最初に採用した学校であった。ペスタロッチの教育に基づく生徒の自主性を重んじる教育を全米に広めていた。日本からも多くの教育関係者が学んでいた。

「慶應義塾《けいおうぎじゅく》」（現在の慶應義塾大学）の教授となった高嶺秀夫《たかみねひでお》は、明治八年（一八七五）、福澤諭吉の推薦により文部省から、同じ会津藩の山川健次郎や捨松の留学と同時期にオズウィゴー師範学校に留学していた。高嶺は、帰国後に日本でペスタロッチ教育法を広めてゆく。高等師範学校（現在の筑波大学）の校長を務め、「小学校令」が出るとすぐにその教育法を広めた。それは日本全国に広がっていった。

ペスタロッチ教育法とは、十八世紀にスイスの教育学者ヨハン・ハインリヒ・ペスタロッチが唱えた教育法である。欧州では英国の産業革命やフランスの市民革命を経て、一人ひとりに合った教育の必要があるとの考え方が生まれた。

子ども一人ひとりの人格を尊重し、ひとりの人間として偏らないように調和して発展させるという自主性を重視する教育であった。健全な家庭生活が営まれることによって、道徳的な人間が育成される。知識を言葉によって教えるのではなく、感覚、直観に基づいた教育方法として確立された。

ペスタロッチは、人間の有する「心情力」「精神力」「技術力」の三つの根本能力が自然な形で発展できるように促すことを求めた。

梅子が幼い頃に学んだスティーブンソン・セミナリー、その後のアーチャー・インスティチュート、そしてブリンマー大学までが少人数制であり、個々に合った得意な分野を伸ばす学校であった。梅子が体験したまさに伸び伸びとした学びの場を主体とした教育法。梅子の理想とする教育法がここで学べることに感謝した。

教育とは、生徒一人ひとりに寄り添って導くことであり、それぞれの個性を尊重しなければ意味がない。学問を習得した一人ひとりが得意の分野で秀でていくことが教育と考えていた梅子は、さらに一年間の視察を願い出た。「華族女学校」は留学延長を許可した。

瞬く間に時間は過ぎていった。日本での憂鬱な気持ちは、次第に霧が晴れるように消え失せ、次にすべきことが明確になり新たな情熱が満ちてきた。梅子は自分に与えられた環境に感謝した。

梅子は、今まで温めていたこれからの日本女子のための学校の目的が明確になり、解放感を感じていた。梅子は、詩（ソネット）を創った。自分の気持ちを綴《つづ》った。

THE OCEAN VOYAGE

The ocean wide and bleak before me lay ;
Naught o'er and round me but the dusky sky
And waters deep and dark ; the loud shrill cry
Of sea-gulls into silence died away ;
With fear I saw the fading light of day,
And thro' the darkness dim of eve watched I
How wind and waves did roughly vie
Our ship to toss, as if with toy they played.
Yet knew I well that o'er those stormy seas,
The skilful pilot guides the vessel frail,
Ere long to reach the distant promised land.

So in the fitful changes of the breeze
As o'er life's stormy main we darkly sail,
With faith we trust our Father's guiding hand.

U.T.

2　日本婦人米国奨学金制度

梅子は、一年間の留学延長が認められ新たな気持ちで女子教育の視察をしているうちに、日本の女子にも同じように留学の道を与えることができたらと考え、メアリー・モリスにその方法を手紙で相談していた。

梅子にとって、メアリーをはじめ多くの米国女性からの支援で、このブリンマー大学で学べていることは感謝以外の何ものでもない。自分と同じような留学制度で、多くの日本人女性にも米国の大学で学ぶ機会を与えたいと考え、その方法をメアリーに相談していたのであった。まもなくメアリーから、「American Scholarship for Japanese Women」（日本婦人米国奨学金制度）の発足の手紙を受け取った。メアリーからの手紙はこのような内容であった。

親愛なるミス・ツダへ

あなたがかねてから希望していた

「American Scholarship for Japanese Women」の委員会が発足いたしました。

メアリー・モリスより

なんということであろうか。こんなにも早くメアリーからの返事が来るとは梅子は思ってもいなかった。梅子はひとりで寄宿舎に戻り何度もその手紙を読み返した。二度にわたる渡米で、多くの支援者や友人たちに恵まれたことを感謝するとともに、これからの自分の生きる道に一筋の光が見えたことを感じた。早くアリスに見せなければと思いながらも、その手紙は落ちる涙で滲《にじ》んでいった。

梅子はフィラデルフィア郊外のモリス邸を訪ねた。瀟洒なお城のような佇まいは、昔と変わっていなかった。二階へと上がる踊り場にある大きなティファニー製のステンドグラスからは、光が漏れて美しい。十七歳で訪ねた時の懐かしさがよみがえってきた。

メアリーのひとり娘のホリーと、そこで知り合った友人のクララ・ホイットニーと語り合った大きな広間はその時のままである。テーブルやソファ、飾り棚などの配置もそのままであった。運ばれてきたお菓子は、焼きたてのスコーンであった。数種類のジャムも添えられていた。メアリーは大きなティーポットから温かいカップに紅茶を注いだ。上質な茶葉のいい香りが漂った。

梅子は、今までのメアリーの支援に深い感謝の意を述べた。メアリーは、ホリーとクララとの当時のことを懐かしんだ。その思い出を話しながら、やがて夫のウィスター・モリスとホリーを、同じ年に亡くしたと語り始めた。ホリーは、結婚して二人の子どもに恵まれ幸せに暮らしていた。三人目の子どもを授かったが、難産がたたりお腹の子どもと共に亡くなったのだ。

身内の不幸が連続して起きた、悲しい現実である。梅子が驚き、どのような慰めの言葉をかけたらよいのか迷う中、メアリーは夫と娘の思い出を少しずつ語り始めた。一つひとつの思い出を噛みしめるかのように。静かな時間が流れた。どのくらいの時間が流れただろうか。やがてメアリーは、その悲しさを払拭するかのように、張りのある声で、梅子の発案に賛同した理由を話した。そしてこのように締めくくった。

「ミス・ツダ。
優れた日本の女性たちを支援できたら嬉しいです。
以前に夫と日本を訪れた時に
日本女性の地位が、低いことに驚きました。
是非ご協力いたしましょう」

「ありがとうございます。
深く感謝いたします。
私は何をしたら良いかお教えください」

梅子は、嬉しさのあまり思わずメアリーの手を取った。

「ミス・ツダ。
あなたはなんと素晴らしいのでしょう。
その人を思うこころは、フレンド派の教えそのものです。
そして、そのミス・ツダの
嬉しさが溢れる笑顔が、私は大好きです」

「American Scholarship for Japanese Women」（日本婦人米国奨学金制度）は発足した。メアリーは、すでに十五人の女性の友人たちに呼びかけ、募金を開始していた。梅子の米国の母ランマン夫人、ブリンマー大学の学部長であるケアリー・トーマス教授、ブリンマー大学の友人アナ・ハーツホンをはじめ、多くの学友たちも名を連ねた。

特にトーマス教授は、梅子の発案のこの奨学金制度に興味を示し賛同した。トーマス教授の知人たちにも募金を推奨した。そして、トーマス教授は、この規定の草案を創った。メアリーは一番大切なその会則の一つとしてこう掲げている。

この奨学金で留学した学生は、勉学に励むだけではなく、
委員の個人的な関わりの中で、米国の家庭生活も知るように努めること。

この言葉は、日本からの留学生たちが、温かな心遣いのもとに、充実した留学生活が送れるよ

うに配慮されている。そこには、フレンド派の精神とメアリーの梅子への深い愛情が溢れていた。またトーマス教授は、この奨学金制度について、教育と布教をはっきりと分けている。しっかりと学業を修めた学生が、キリスト教の精神を自然と受け入れることを望んだ。

メアリーは、八千ドルを集めればその利子で三、四年に一度は、日本から米国にひとりの留学生の受け入れが可能であると提案した。梅子は、帰国までの残りの約一年間の休日のほとんどをその資金集めのために費した。講演会や集会、文筆活動などありとあらゆる方法で支持者を増やしていった。

著名な女性会員で構成された「女性の大学教育を支援するマサチューセッツ協会（MSUEW）」は、女性の大学教育の支援や会員の意識の向上を目指す目的で一八七七年に設立されていた。

MSUEWは、海外講師として梅子を招き、ボストン大学で、この奨学金のための講演会を開催した。ブリンマーの町の地方紙をはじめ、ボストンやニューヨークの新聞もこの運動を次のようなタイトルで取り上げた。「ミス・ツダは、日本の女性のために奨学金制度をスタートさせる」。梅子の格調高い講演は絶賛された。

教育と啓蒙　日本女性は現在、何を必要としているのか

日本は維新《いしん》後四半世紀足らずの間に飛躍的な発展を遂げ、封建制度から立憲制《りっけんせい》をとる近代国家になったが

これはひとえに日本が欧米諸国に伍《ご》して行こうとする願望からである。
その願いは今や叶えられて
男性は憲法による政府と国民による議会をもつようになったが
女性に対して何もなされていない。
この歴史的改革の時機《じき》にこそ、女性の権利の尊重と
社会への参加が実現されるべきである。
現代、女性の教育への関心は高まっているし、教育によって女性が目醒《めざ》め
教育を受けた女性が上層部の目醒めない女性たちにも教師として
近つく機会が与えられれば、日本社会にはずっと男女協調の機運《きうん》が高まるであろう。

梅子は、このように日本女性としての先駆者となるべく、その生き方を述べた。これから米国で大学で学ぶ学生のために資金援助の協力を願い出た。

梅子は、女性は社会進出だけではなく家庭において夫の良い理解者としての役割を果たすことが大切であると語った。そして、日本の女性は教養を学ぶだけでなく、生涯の仕事を持ち、社会においてその存在を明らかにすることが大切であると掲げた。

十一年の留学を終えて帰国した時は、まるで日本語のわからない日本人の顔をした梅子であったが、日本での文化に触れ古典文学を学び再度米国で学ぶことで、日本と米国の違いを明確にしていった。日本人の根底に流れている、日本人のこころの優れた部分を取り入れた、新しい日本

女性の生き方がかすかに見えてきた。

梅子は、帰国前の数ヶ月を生物学の研究助手として過ごした。ブリンマー大学に迎えられた若きトーマス・ハント・モーガン博士と共同で、「The Orientation of the Frog's Egg」（蛙の卵の発生）という論文を執筆する。梅子が得意とする生物学の分野であった。蛙の卵を、顕微鏡で眺める研究の日々で、梅子は次々と分裂する顕微鏡の中の生命の神秘に触れ、夢中になった。

この梅子とモーガン博士との共同論文は、一八九四年、英国の科学誌『マイクロスコピカル・サイエンス』に掲載され、ノーベル賞にも匹敵する論文として評判となった。執筆者として、「ブリンマー大学生物学助教授トーマス・モーガン、および東京華族女学校教授津田梅子」と二人の名前が連名となった。

梅子は、海外の科学雑誌に掲載された初めての日本人女性となり、米国の新聞や雑誌に大きく報じられた。トーマス教授は、科学者としての梅子の緻密な観察力、洞察力、冷静な判断力を見抜いていた。同時に日本人特有の器用さを持つ梅子に、引き続きブリンマー大学に残り生物学の研究を続けることを勧めた。

「ミス・ツダ。
ドクター・モーガンも、このまま米国に残り
一緒に研究をすることを、強く望んでいます。
あなたの提案で始まる

『American Scholarship for Japanese Women』も軌道に乗ります。

それであなたは、日本への貢献ができるのではないですか」

「ミス・トーマス。
光栄なお誘いに感謝いたします。
ドクター・モーガンとの研究は、私を夢中にさせました。
こころが揺り動かされますが
私は、日本女子教育の近代化に向けて
ブリンマー大学に留学しました。
日本での役割をまだ果たしてはいないのです」

トーマス教授は、モーガン博士と共に研究を続けるよう何度も説得するが、日本の女子教育にすべてを捧げる梅子の気持ちは揺らぐことはなかった。ブリンマー大学の多くの学友は、トーマス教授からの誘いを断ることに驚き嘆いた。最後には憤慨さえしてしまう者もあった。

このまま、ブリンマー大学で研究を続ければ、米国での、いや世界での、女性科学者の第一線の活躍が約束されていたのだ。学友たちは、梅子が科学者として米国に残ることを願った。

生物学においてこれほどの才能を持つ梅子に、モーガン博士も、説得する機会を持ったが、梅子の気持ちは変わらなかった。梅子のこころの中は、二度にわたり留学生として学んだことを日本の女子教育に生かすという使命感でいっぱいであった。その使命感は揺るがなかった。モーガン博士はその後、コロンビア大学に移る。一九三三年六七歳で、染色体が遺伝子の担体《たんたい》であるとする染色体説においてノーベル生理学・医学賞を受賞した。

明治二十五年（一八九二）七月、梅子は帰国する間際にみごとに八千ドルを集めることに成功した。梅子の念願だった「American Scholarship for Japanese Women」（日本婦人米国奨学金制度）が、メアリーを委員会会長として正式に軌道に乗った。それは、「米国女子留学生第一号」として六歳で米国に渡った梅子が創った米国と日本の架《か》け橋であった。

翌年には、松田道《まつだみち》（同志社女子専門学校〈現在の同志社女子大学〉校長）をこの制度の受給者第一号として、五年後には河合道《かわいみち》（恵泉女学園《けいせんじょがくえん》創立者）、その後三年から五年ごとに、鈴木歌子《すずきうたこ》（華族女学校英語教授）、星野《ほしの》あい（女子英学塾学長）、一柳満喜子《ひとつやなぎまきこ》（近江八幡《おうみはちまん》の近江兄弟社学園創立者）などが続いて留学を果たした。

梅子にとって、視野の広い質の高い教育を掲げたブリンマー大学での三年間の学びは想像を超えるものであった。知識だけではなく女子教育に高い志を掲げるトーマス教授から教育の基本を肌で学んだ。小規模なこの大学では個人的な交流も親密であり、多くの欧米の友人との深い友情を築いた。有力な支援者にも恵まれた。

ブリンマー大学の緑豊かな自然環境と女性らしい校舎や想像を超える量とジャンルの書物や研究資料。教授たちとのうちとけた会話と自由で規制のない、しかし規律のある寄宿舎での生活は、梅子が理想とする学校のモデルとなった。

国を超えた揺るぎない友情。想像以上の成果を残して、帰国する日が近づいた。

トーマス教授は、何事もやり遂げる梅子の資質をいち早く見抜いていた。科学者として抜群の才能と資質を備えていながらも、日本の女子教育に信念を持つ梅子にエールを送った。米国に比べて近代化の遅れている日本の女子教育をやり遂げる梅子を信じたのだ。

米国で二校の大学、欧州の二校の大学で学び、女性に博士号の資格を与えない大学がほとんどである中、最終的にスイスのチューリッヒ大学で博士号を取ったトーマス教授。自分の意志を貫き通した女性として、梅子はその生き方に尊敬の念を持った。トーマス教授が常に学生に語っていたこの言葉をこころに留めた。

「Believe in woman.　女性の力を信じなさい」

明治二十五年（一八九二）八月、梅子は三年間の留学を終え帰国した。翌月に「華族女学校」に復帰した。そして、「明治女学校」（明治四十二年廃校）の講師を再び兼任する。「明治女学校」は、明治十八年（一八八五）に、プロテスタント系の米国長老派により、父親の仙と親しい木村《きむら》熊二《くまじ》により九段下（現在の千代田区飯田橋）に開校されていた。梅子は、以前に講師として英語を教えていたが多忙になり休職していた。

梅子は、ブリンマー大学での知識と二度目の米国での経験から、多くの教授や違う環境の女性たちとの交流が必要と感じていた。日本における女子教育の先駆者としての使命感が高まり、華族女学校の教授を務めながら教育者としての行動範囲も広がっていった。

3　アナ・ハーツホン親子について

明治二十六年（一八九三）十月、アナ・ハーツホンは、医師であった父親のヘンリー・ハーツホンと共に日本の地を踏んだ。梅子はブリンマー大学で、絵画の聴講生《ちょうこうせい》として在籍していたアナと知り合っていた。アナは、小柄ながらはきはきとした梅子に好感を持った。物おじせず学業に秀でていた梅子は、多くの学生から信頼を得ていた。アナは梅子より四歳年上であった。梅子は、ハーツホンという名前に見覚えがあった。やがて父親の仙が、米国から持ち帰った医学書を思い出した。

「ミス・ハーツホン。私はあなたの名前に見覚えがあります。もしかしたら、あなたのお父様はお医者様でしたか。私の家にあった、英語のオレンジの表紙の医学書にその名前が書いてあった記憶があります」

「ミス・ツダ。
私の父は、フィラデルフィアで開業していました。

その医学書は父が書きました」
「本当ですか。なんと、素晴らしい。
その医学者は、英語で書かれていて、私もよく見ていました。
今では、日本語で訳されて、多くの方々が読んでいます」

梅子は驚いた。アナは、父親が米国から持ち帰ったあの医学書『Essentials of the Principles and Practice of Medicine』の著者のヘンリー・ハーツホンの娘であったのだ。英語で書かれたその医学書を、当時四歳の梅子はまだ読めなかったが、挿絵《さしえ》に描かれた人間の身体や内部などを興味深く見たことを思い出した。

ヘンリー・ハーツホンは、ペンシルベニア大学で医学を学び、医師であった父親の跡を継いでフィラデルフィアで開業した。南北戦争に外科医として戦場で活躍した。教育者としても文筆家としても名が知れていた。ヘンリーは、妻を亡くし、ひとり娘のアナの教育に熱心で女子教育への道を目指し、新設されるブリンマー大学の学長も願い出ていた。しかしそれは叶うことがなかった。

ヘンリーは、自分の医学書が日本語に翻訳され広く読まれている日本へ、フレンド派の布教のため来日した。

梅子の父親の仙は、ヘンリー親子の訪日が決まると、日本の女子教育のためにアナを三田台町にある「普連土女学校」（現在の普連土学園）の講師として招く予定にしていた。「普連土女学校」は、明治二十年（一八八七）、仙の協力のもと米国のフィラデルフィアのフレンド派の婦人伝道会により女子教育を目的として創設された。初めは、仙の所有する麻布本村町の農園内にあったが、その後三田に新校舎が建ち移った。仙により「普連土女学校」と命名された。

仙と梅子は、ヘンリーとアナが日本に着くと、二人を麻布本村町の仙の農園に招いた。広い農園には、薔薇の咲き乱れる庭園や大きな池があり、小高い丘には牛も放牧されている。外国の木々や西洋野菜がたくさん植えられていた。

仙は、ヘンリーに農園で作られている西洋野菜や果物などを丁寧に説明した。梅子は、アナとの再会を喜びブリンマー大学時代を懐かしんだ。広い農園で日が暮れるまで、仙とヘンリーの穏やかな会話に梅子とアナのお喋りが続いた。二組の親子の奇跡的な出会いの日である。その後梅子とアナは深い交流を続ける。それは、これからの運命を共にするドラマチックな物語の始まりであった。

アナは、「普連土女学校」で数ヶ月にわたり英文学を教えた。夏になると、ヘンリーとアナは新渡戸稲造が教授となっていた札幌農学校《さっぽろのうがっこう》（現在の北海道大学）に招かれた。医学者としてのヘンリーの講演は大好評であった。

アナは、新渡戸稲造の妻のマリー・エルキントンと再会した。マリーは、アナと同じフレンド派であり、二人はフィラデルフィアのメアリー・モリス邸に頻繁に出入りしていた。マリーは、モリス邸で新渡戸の講演を聞き感動した。そして、マリーからの熱烈なプロポーズで新渡戸と結婚をした。アナとマリーは日本での再会を喜んだ。

ヘンリーは、日本で医学に関する多くの講演をするとともに、日本のフレンド派とも密に交流を重ねた。二人は十一ヶ月滞在をして米国に帰国した。梅子と仙は二人を横浜港まで見送った。そして、再会を約束した。ヘンリーとアナは、遠くに霞む横浜港をいつまでも見つめていた。日本人の誠実で温かなもてなしに感動していた。

日本の風土はヘンリーとアナに合っていた。米国に帰国したヘンリーは、すぐに日本の様子をフレンド派の機関誌に寄稿した。梅子を、「ブリンマー大学を卒業し、日本を代表する伝統的な『華族女学校』の英語教育の熱心な教授」として紹介し、梅子の女子教育の方針が詳しく書かれていた。その掲載文は、梅子の日本の女子教育の考え方を絶賛するものであった。


明治二十八年（一八九五）、ヘンリーとアナは二度目の来日をした。ヘンリーは、スライドや写真なども持参した。それは、フレンド派の本格的な布教活動の講演のためであった。すでに七十歳を過ぎていたヘンリーは、日本に骨を埋めるつもりでの来日であった。講演内容は、「ウィリアム・ペンとフィラデルフィアの歴史を語りながらキリスト教を説く」「フレンド派の主旨について」などで、日本各地での布教に力を注いだ。

しかし、ヘンリーは二年後の明治三十年（一八九七）二月、その道半ばで他界してしまう。日本をこよなく愛したヘンリーは、遺言により生前に「愛の山」と呼んでいた青山にある青山墓地に埋葬された。その墓石にはこのように刻まれた。

HENRY HARTSHORNE
When on the earth. I make my last remove.
Be it to Aoyama Hill of Love.
ヘンリー・ハーツホンここに眠る
青山——愛の山こそ　われ世の終わりのすみか

父親の死を受け止められないアナは、悲しみにくれていた。異国の地で突然に父親を亡くしひとり取り残されたアナを慰めるために、梅子は彼女を葉山への旅行に誘った。それは、とりわけ寒い冬であった。汽車の中でひざ掛けを共有しながら暖を取り合った。

梅子は、英語教員検定試験委員のひとりとして任命されていた。しかし英語を教える学校がないため、ミッション系の学校ではなく日本人の手で英語を教える学校が必要であることをアナに話した。そして自分の夢である私塾創設の話をした。その時が来たら必ず一緒に手伝ってほしいと話した。

アナは、自分を必要としてくれる人がいることに驚き、梅子のその優しさに涙が溢れ止まらなかった。梅子の言葉に一筋の光を見た。梅子は、アナにいつもの優しいほほ笑みが徐々に戻ってきたことを感じた。

その後アナは、しばらく札幌の新渡戸稲造邸に滞在していたが、翌年、叔父のチャールズ・ハーツホンが迎えに来て、父親のヘンリーの他界にこころが癒えぬまま米国へ帰国した。

明治二十八年（一八九五）三月、梅子が七歳からの米国のホームステイ先で父親として慕っていたチャールズ・ランマンが他界した。早くから梅子の文才を認め、その素直な感性に注目していたランマンの、帰国後に梅子の書簡から本を出版するという夢は叶わなかった。ランマンは「米国における学生生活」「太平洋を越えて故国へ」「富士登山」「日本の家庭生活」という章に分け、その印税はすべて梅子に送ろうと考えていた。しかし、梅子が送った書簡は永久にそのままになった。

四月、日清戦争が終結して、下関条約が締結された。日本中が勝利に酔った。梅子は米国の『インディペンデント』紙に「Japanese Women and the War 1895」（日本人の戦勝と其宗教心）と題した投稿をした。

「Japanese Women and the War 1895」（日本人の戦勝と其宗教心）

軍人一族出身の彼女は、夫が戦死したことを知らされると
軍人の妻として、娘としてふさわしい一生をまっとうするために
夫の後を追って未知の世界へ旅立つことを決意した。

遺書を何通も記し、最期を迎える準備に入った。

結婚式と同じ正装をして夫の写真の前に座り、侍の女性の持つ刀で自害した。

『津田梅子文書　改訂版』津田塾大学編より

このような例はたくさんあり、世界を驚かせている日本の精神や勇気は、日本国中の妻や母親に見られ、その栄誉も讃えられると記した。戦争において、日本女性の献身的な自己犠牲の精神を伝えるものであった。それを読んだ米国の人々は、その英語力を讃えるとともに、南北戦争後に婦人解放運動が盛んになったことと比較して、日本でもこの戦いの終結によって婦人解放運動が期待されると、大きな反響があった。

その後、「明治女学校」発行の『女性新報』に「キリスト教と日本の愛国心」に関する問題について寄稿した。

明治三十年（一八九七）、帝国ホテルにて成瀬《なるせ》仁蔵《じんぞう》の「日本女子大学校創設之趣旨」の発表会が大隈重信を委員長として開かれた。成瀬は、明治二十三年（一八九〇）から三年間米国に留学をする。「新潟《にいがた》女学校」（明治二十六年閉校）の校長であった成瀬は、アンドーバー神学校、クラーク大学で教育学などを学んだ。

帰国後の成瀬による「日本女子大学校」設立運動には、大隈をはじめ、伊藤博文、渋沢栄一など政界や財界の名だたる男性やその夫人たちが賛同した。そこには、「岩倉使節団」の大使として梅子と一緒に米国へ渡った岩倉具視の名前もあった。

この女子大学の趣旨は、欧米のように女性の知識を高めることを目的としたが、日本では戦争の勝利に沸き富国《ふこく》強兵に力を注いでいる中で、女性が男性を支えるための教育が進んでいった。日本の女子教育は梅子の理想とするものとはさらにかけ離れていった。

明治三十一年（一八九八）五月、梅子は「女子高等師範学校」の教授となった。梅子は、「女子高等師範学校」と「華族女学校」の日本を代表する二つの女学校の教授となり、教育に対する並々ならぬ情熱と努力は現場に生かされていった。

その活躍ぶりはますます注目されていった。しかし、梅子の私塾創設の夢は消えてはおらず、いやすべてがその夢に向かうための行動ともいえた。梅子は文筆活動を増やしていった。

米国のシカゴの新聞『ザ・シカゴ・レコード』紙に、半年間に七回の連載として、日本女性の過去と現在を比較した「日本女性の将来」を寄稿した。そこには、興味深い記念日として「二十五年前の岩倉使節団の岩倉具視大使が、大火災後の復興のためにシカゴに五千ドルを寄付したこと」が書かれていた。

昔の女性と新しい女性の生き方の変化、これからの新しい女性の生き方などを、日本の女性誌にもすすんで寄稿した。

明治二十六年（一八九三）「欧米女子高等教育の近況」女学雑誌
明治二十八年（一八九五）「日本人の戦勝と其宗教心」婦人新報
「家事教育の必要」日本乃家庭
明治二十九年（一八九六）「欧米女子高等教育の近況」女学雑誌

明治三十年（一八九七）「米国に留学せし最初の日本婦人」女学雑誌
明治三十二年（一八九九）「米国女学生の美風」姫百合

梅子はその新聞や雑誌など、多岐にわたって精力的に寄稿した。

4　万国婦人クラブ会議出席

明治三十一年（一八九八）五月、米国コロラド州のデンバーで開催される『General Federation of Women's Clubs』（万国婦人クラブ連合）の副会長であったアリス・ブリードが来日した。

ブリード夫人は、世界中を回りその大会の活動を広めていた。最後に日本に立ち寄り、大隈重信、伊藤博文と会い、日本からも米国での大会に出席者を出してほしいと要請した。

万国婦人クラブ連合は、英語圏を中心にした団体で、設立から四回目を迎え婦人参政権運動や女性の地位向上に向けて、国際的な連携を持つまでになっていた。世界各国の加盟婦人団体数は二千七百団体で、会員数は十六万人となっていた。

伊藤の強い推薦で梅子に白羽の矢が立ち、渡米することとなった。この渡米については、美子皇后にも伝えられた。皇后は大変お喜びになった。

梅子は、今までに何度も米国での講演は経験していた。万国婦人クラブ連合大会の日本代表となれば多くの米国民や志を同じくする海外の女性たちとも交流ができる。大隈と伊藤の配慮には感謝の念しかなかった。一週間後の出発となり、急いで荷作りをして同じ「華族女学校」でフランス語を教えていた渡辺筆子《ふでこ》と共に、オリンピア号に乗り込み横浜港を出港した。港には「華族女学校」の多くの教師や生徒たちが見送りに来ていた。梅子の三度目の渡米である。

六月、船は、米国の西海岸北部のビクトリアに到着した。そこからさらに鉄道で南下して、ワシントン州のタコマから、コロラド州のデンバーを目指した。ロッキー山脈の麓に位置するデンバーは、コロラド州の最大の都市である。梅子が六歳で渡米した時、真冬のサンフランシスコからワシントンD.C.に向かう大陸横断鉄道でシカゴに行く途中に見たロッキー山脈は、思い出深いところである。

着物姿のままで「米国女子留学生第一号」として過ごした不安な日々。どこまでも広がる雪で大地は覆われ、ユタ州のソルトレイクでは大雪のために数週間足止めとなったのも懐かしい。

ソルトレイクを過ぎてデンバーに到着した。この季節のデンバーは緑豊かで、州の花である紫色のオダマキが咲き乱れていた。デンバー大学も創設されており、多くの建物も建ちその発展ぶりは梅子の想像をはるかに超えるものであった。

デンバーの駅には、ブリード夫人が出迎えに来ていた。約三週間かけての日本からの長旅。東洋の代表として、日本から急ぎ駆けつけた梅子と筆子を、ブリード夫人は涙ながらに感動の言葉で迎えた。次の日に、ホテルで開かれていた万国婦人クラブ連合大会に、日本婦人代表として、梅子と筆子の二人はあでやかな着物姿で登壇した。

三千人の会員の前で女性と教育に焦点をあてた梅子のスピーチは大拍手を浴びた。完璧で流暢な英語でのスピーチは、会場を埋め尽くしたすべての女性への心を込めたメッセージであった。

私どもに対するご厚意は、たんに個人的なものにとどまらず、西洋の女性の東洋の女性に対する語りかけ、アメリカの女性の日本女性への暖かい歓迎であると思います。それぞれの国が他国について学ばねばならぬように、私たち日本人も、自国が外交、通商上の関係においてばかりでなく、国民の進歩に資する一切において、なかんずく家庭と女性の進歩にかかわる問題において、世界各国のお仲間入りをする必要があると悟らねばなりません。

遠からぬ将来において、私ども日本の女性もまた、女性のために最高、最善のものを求める闘争において最前線に立ち得る日が到来するでしょうし、そうした将来には、こんどは私どもが東洋諸国の女性たちに援助の手をさしのべ、その輝かしい範例ともなり得るかも知れません。

『津田梅子』吉川利一著より

梅子は、このように締めくくった。世界の中で日本は、東洋諸国の指導的地位にあること、その使命を果たすためには、女子教育が必要であること、その日本の女子教育も、今まさに発展期にあることを力説した。米国での学びを日本に持ち帰り、アジアにおけるリーダーとしての、日本女性の役割までも盛り込んだ内容に、諸外国の参加者は惜しみない拍手を送った。鳴りやまない拍手の中で、女子教育への想いとなすべきことの明確さを、梅子自身が一番感じた瞬間であった。

この「小さい日本婦人のスピーチ」と名付けられた報道は、『デンバー・リパブリカン』紙に掲載され、全米に大きな感動を呼んだ。

数日後、梅子は、筆子と別れてデンバーから六年ぶりに懐かしいワシントンD.C.のジョージタウンのランマン邸に向かった。ランマン夫人との再会である。夫のチャールズ・ランマンを亡くし悲しみの中にいたランマン夫人は、梅子のデンバーでの活躍を自分のことのように喜んだ。日本の代表として世界的に有名な会議でスピーチしたことを誇りに思った。ランマン夫人は梅子を強く抱きしめた。

梅子が使用していた部屋に入ると、ピアノ、机、ベッドや、掛かっていたベッドカバーまでがそのままになっていた。

幼い頃のことが走馬灯のように駆け巡った。

梅子は、あの頃のようにピアノを弾いてみた。懐かしいピアノの音色が静かな部屋に鳴り響いた。渡米してすぐにピアノレッスンを受け、十七歳で帰国するまで毎日のように弾いた。特にショパンのワルツが好きだった。

梅子は、こんなにゆったりした気持ちでピアノを弾くことはなかった。やがて窓に西日が差し込んできた。窓を大きく開けると、主人のいなかった部屋の隅々までに光が注がれた。ベッドに横たわり、毎日抱いて寝ていた「ネコ」という名前の猫を思った。どこかに家出してしまった時、ランマンが、何日もかけて同じ種類の猫を探してきてくれたことが思い出された。

ランマンの書斎は冷たくひっそりとしていた。三千冊の蔵書は、埃をかぶっていた。もし今、彼がいたら、あの優しい笑顔でどんなに喜んでくれただろうか。ランマン自身が描いた絵画を眺め、著書を開いた。

机の引き出しには、ランマンが梅子の本を出版するために書きかけた分厚い原稿が束になって入っていた。そこには、梅子がランマン夫人と交わした手紙が年代別に整理されて封筒に納められていた。ランマンのメモ書きも入っていた。梅子の本を出版する日を楽しみにしていたに違いない。梅子はそれを抱きしめランマンの深い愛に感謝した。

帰国直後の梅子は自分が生まれた日本といえども、全く日本語がわからず、まるで異国の地に放り出されたようであった。

梅子は本を出版することに対して、帰国した直後の思いもよらない日本人からの好奇心に満ちた目を意識しすぎたのかもしれない。こんなにまで梅子を思ったランマンの気持ちに気が付かず、出版に至らなかったことを後悔した。ランマンのそこまでの気持ちを素直に受け止められなかった自分を悔やんだ。

幼い頃から、梅子に、深い愛情を注いでくれたランマンは、西洋文化のことだけでなく日本の優れた文化も教えてくれた。梅子は目を輝かせて日本のことを語るランマンの横顔が忘れられない。

明治天皇から贈られた大きな壺や、森有礼が贈った日本の刀や、数々の工芸品なども、埃をかぶりそのままになっていた。

ランマン夫人と語り尽くせないほどの思い出に浸った。ランマン夫人は、帰国直後の日本での行き場のない梅子の手紙を読むたびに涙していたが、日本女性の代表となった輝かしい梅子を心から讃えた。ランマン夫人には、徐々に明るさと笑顔が見え、梅子は最高の恩返しができたと感じた。

5　ヘレン・ケラーとアン・サリヴァン

八月、梅子は、万国婦人クラブ連合副会長のブリード夫人に誘われて、目も耳も口も不自由な十八歳のヘレン・ケラーを訪ねた。ヘレンは、一八八〇年、アラバマ州で生まれた。一歳の時に、猩紅熱《しょうこうねつ》により聴力と視力を失い、コミュニケーションができなくなった。困り果てた両親は、藁《わら》にもすがる気持ちで、ヘレンが七歳の時にマサチューセッツ州のパーキンス盲学校より、家庭教師としてアン・サリヴァンを迎えた。

感情を抑制できず動物的であったヘレンに、サリヴァン女史は手と身体で言葉を教え込む。その壮絶ともいえる教育によりヘレンは少しずつ話ができるようになっていった。その後、盲学校に通うことができるようになり、そのたぐいまれな知性を存分に発揮するようになる。

八月の暑い日で、ヘレンは避暑のため、マサチューセッツ州ボストン郊外のレンサムの別荘にいた。庭の前に広がる湖でサリヴァンとボートを漕いでいたヘレンは、梅子たちに気づきボートを降りて近づいて来た。

白くサッパリとした服を着たヘレンの、額が広く薄茶色の縮れた髪をかき上げる姿は、心の美しさに溢れていた。英国式に用意されたお茶とお菓子を頂きながら談笑した。窓の外に広がる大きな湖の水面から運ばれる爽やかな風が、心地よかった。ヘレンは楽しそうに会話に入ってきた。

家庭教師のサリヴァンが、ヘレンの手のひらに何かを書きながらの会話である。

十八歳の初々しさに満ち、障害を感じさせないごく普通の少女のようであった。日本人である梅子を珍しがり、時には近寄って梅子の唇に指を当てて話を聞き取った。人なつっこいヘレンに、梅子はヘレンの手を取り身を寄せて耳を傾けた。ヘレンの好きな文学と詩やさらに芝居やチェスにまで話は及び、楽しく会話は続いた。

梅子は、サリヴァンにお礼の言葉を言い、別れ際サリヴァンはヘレンに、この日の記念にタイプライターで梅子に手紙を書くように示した。ヘレンは、日本人の梅子にちなんで、ロングフェローの詩をタイプライターで打ち、鉛筆で月日と場所のサインをして、梅子に渡した。

I wonder if Miss Tsuda's girls have read Longfellow's beautiful verse Kwramos about their country "cradled in blue seas"

ミス・ツダの生徒は、ロングフェローの美しい詩を読んだことがあるだろうか
陶磁器、それは、あなたの国「紺色の海のゆりかご」

手紙を読んで梅子は全身に衝撃が走った。梅子が日本から来たということで、ヘレンは日本にちなんだロングフェローの「Keramos 1878」(陶磁器)の詩を思い出し、タイプライターで打ったのだ。

ヘレンはその詩から日本を連想したのであった。ヘレンは三重苦である。ヘレンのその記憶力

のすごさに感動した。梅子は、八歳の時にランマン夫妻と訪れたインディアン・ヒルのあの夏の日を思い出した。ロングフェローは梅子を膝の上に乗せ多くの物語を語ってくれた。あの優しいロングフェローの詩であった。

回れよ、ろくろ、まわるのだ！
朝に始めた仕事は
ゆうべまでにはおわるのが習いぞ

覗《のぞ》いて眼下を見れば　東の涯《がけ》の
海の揺りかごに守られ揺られ列なっている
日本の島々。その湖水や野原の上で
こうのとり、さぎ、つるの群れが
清らかに澄んだ中空のここにかしこに漂い遊ぶ
ややあって丘の斜面に現れる　伊万里の村々

「Keramos 1878」（陶磁器　一部抜粋　逢坂収訳）より

ロングフェローのこの作品は、日本の「伊万里焼」の素晴らしさを詩にした作品である。ロングフェローの息子のチャールズが日本に来日した時に父親への土産として「伊万里焼」を送ったことに由来する。ロングフェローは息子のチャールズから送られてくる手紙で日本の素晴らしさを知った。

ヘレンは、日本から来た梅子のためにこの詩「Keramos」を選んだのだ。その並外れた記憶力の良さに梅子は驚いた。

「Kwramos」と一字だけタイプミスがあったが、あとはすべて正確に打たれていた。ヘレンは人生最大級の不幸に遭っても、天真爛漫《らんまん》で愛らしく、肉体の目や耳でなくこころの目と耳で感じることができる。それは言葉を超えた感覚であり、ヘレンの魂であると梅子は感じた。ヘレンの天性が満ち溢れていた。

ヘレンの内面さえも変えてしまう、サリヴァンの理論ではない教育を見た。深い愛情を感じた。帰り際にヘレンは、幼子のように梅子に抱きつきキスをした。なんと、可愛らしい。

サリヴァンは教育上から滅多にヘレンを人に会わせなかったが、梅子の教育観を受け入れ今回の面会が実現した。梅子はサリヴァンに丁重にお礼を言って別れた。

梅子は帰る途中に、同行したブリード夫人と、サリヴァンのヘレンに対する教育の素晴らしさを讃え合った。ヘレンは、ハーバード大学附属の女子部であるラドクリフ大学の入学試験を受けていた。その試験科目は幾何学《きかがく》、代数学や各種外国語で、試験会場には通訳としてのサリヴァンも入ることが許されない。ヘレンはひとりで受験してみごとにその難関を突破していた。サリヴァンの教育とは、寄り添い、引き出すこと。その教育は、ヘレンのためのヘレンに寄り添った愛情溢れるものであった。

すべてが衝撃的であった。個々の才能や潜在能力を開花させることこそ教育の神髄であると感じた。

梅子は、教育の原点を見つめ、どんな環境であれそれをカバーする教育の奥深さを知った。教育とは、その環境に寄り添うもので、それは不変的であることを感じた。ヘレンとサリヴァンへの訪問で、今までの訪米とは違った成果を感じた。

そんな思いを胸にして五ヶ月の滞在を終え帰国の準備をしていた時、梅子のスピーチに感銘を受けた英国の著名な婦人たち十八人による英国への招待状が届いた。

デンバーでの梅子の活躍を喜んだ当時の総理大臣、大隈重信は、この招待に応えるべく一年間の「華族女学校」の休暇をはからった。そして、訪英の費用は政府の負担となり、梅子は、体調を崩していた筆子と別れて単独で英国へ向かった。初めての英国への旅はニューヨークから船に乗った。あこがれの英国である。

6　英国視察とナイチンゲール

十一月のロンドンは肌寒く、空はどんよりとした厚い雲で覆われていた。英国でのもてなしは手厚いものであった。最初の滞在先はロンドンで、梅子を招いた十八人のひとりである貴族のビッカステス卿夫人の出迎えを受ける。宿泊は、同じく貴族のピアソン卿夫人邸であった。ロンドンではロンドン塔、セント・ポール寺院、ウェストミンスター大寺院などに案内されて数日を過ごした。

視察として、初めに英国東部のケンブリッジを訪れた。ケンブリッジ大学のキングス・カレッジの学寮長の公邸で温かなもてなしを受け、二週間滞在した。ケンブリッジ大学はカレッジ制であり、全寮制の学生たちは、キングス・カレッジやトリニティ・カレッジなど数多くあるカレッジに在籍して一つの学科を選択する。

中世を思わせる重厚な建築様式のケンブリッジ大学で、それぞれのカレッジの校長、一流の学者や上流階級の人々との出会いが、毎日のように梅子には、用意されていた。レセプションも開かれ、梅子は着物姿で参加した。

梅子は、エリザベス・フィリップ・ヒューズが校長を務める女子教育者養成校「ケンブリッジ・トレーニング・カレッジ」（現在のケンブリッジ大学院・ヒューズホール）を訪ねた。ヒューズは、ケンブリッジ大学のニューナム・カレッジが女性の入学を許可したため、ケンブリッジ大学に入学した。優等試験に一番で合格するが、女性ということで学位は授与されなかった。そして、卒業とともに新設された「ケンブリッジ・トレーニング・カレッジ」の校長となった。三十四歳の時であった。

「ケンブリッジ・トレーニング・カレッジ」は、女子の教師を育成することを目的としていた。前例がなかったため、ヒューズ校長は、英国女子教育の先駆者であるフランシス・バスの助言を基に独自の方法で心理学、論理学、衛生学、弁論術、教育方法、規則の理論から学校経営論まで創り、多岐にわたって教えていた。

梅子は、女子教育の教師を育成するという独自の教育を打ち立てたヒューズ校長に尊敬の念を抱いた。

次に梅子は、英国中部のコッツウォルズにある「チェルトナム・レディース・カレッジ」を訪ねた。このカレッジは、梅子を英国に招いた婦人のひとりであるドロシア・ビールが創設したものであった。ここでは十日間にわたり寮に滞在して、授業と学校の運営までをつぶさに視察した。一八五八年に、ビール校長がたったひとりで創設した小さな学校であったが、学生九百名、教師九十名の規模に成長していた。

英国における女性教育者の第一人者として活動していたビール校長は、目を輝かせながら梅子のデンバーでのスピーチを讃えた。

ビール校長は日本女性の社会的地位の遅れを知っていた。欧米をはじめアジアや全世界にも女子教育が広がれば、女性の解放が広がり世界は変わっていくことを力説した。そしてその時期はもう間近に来ていることを梅子に伝えた。私塾の始まりは、その規模は小さくとも、目的と志が本物であれば多くの女性に受け入れられることを力説した。梅子は、ビール校長の力強い生き方に自分を重ねた。

その後、招待者のひとりで、英国北部のヨークにあるイングランド国教会のヨーク大聖堂のマクリンガー大主教夫人の招きを受けた。ヨーク大聖堂は、一四七二年に完成したゴシック建築で、英国最大の建物であり最高権威の教会である。中世のステンドグラスでは、世界最大級のものであった。六百年あまりの歴史を誇る大主教の館に泊まった。

厳かな中にも、慈愛に満ちたもてなしであった。夕食の後に書斎に招かれた。梅子は将来の自分の志を打ち明けた。ブリンマー大学で決意した私塾設立は、いまだに実現されていない。成就に向けての、自分の力の足りなさを訴えた。マクリンガー大主教の前で、梅子は何かに導かれるように素直に今までの気持ちを表した。それは、今までに経験したことがない大きな力に包まれているような感覚であった。

マクリンガー大主教は、梅子の話を静かに聞いていた。そして、梅子を励まし祝福を祈った。マクリンガー大主教はすべてを受け止め祈ることの大切さを話した。包み込まれるような大きな愛を感じ梅子は涙が溢れて止まらなかった。今、大主教の目の前にいること、この環境であることに感謝した。

梅子は、今までの自分の力が足りないことを感じると、あらゆる悩みが体の内へと消えていく感覚を味わった。そして、体の中に新しいエネルギーが少しずつ湧き上がってくるのを感じた。

翌朝、梅子は大聖堂に入り、ステンドグラスから漏れる朝日の中、祭壇の前で長い間深い祈りを捧げた。

梅子はロンドンで新たな年を迎えたのち、ブリンマー大学時代の友人エッサー・バーンズと待ち合わせて、パリに二週間滞在した。エッサーはブリンマー大学で梅子と共に生物学を学び、博士号を取得していた。

ロンドンと打って変わって、パリの明るい陽射しの中で、パリにいるブリンマー大学の学友とのたわいもない会話を楽しんだ。リュクサンブール公園、ルーブル美術館をまわり、シャンゼリゼ通り、凱旋門、エッフェル塔にも上った。エッサーと共に街角にあるカフェで読書をしたり、街ゆく人々を眺め、フランス語を話しゆったりとした時間を過ごした。梅子は、この休暇であのブリンマー大学時代の学ぶこころを取り戻した。フランス文学書も読みあさった。

その後、英国に戻りオックスフォード大学のセント・ヒルダス・カレッジで、聴講生として講義を聴いた。大好きなシェイクスピアを読みあさり歴史や倫理も学んだ。学生生活を満喫した。カレッジで女子は、男子とは交流せずに、教室の隅にひっそりと固まって講義を受けていた。食堂でも女子学生は隅に固まって食事をとっていた。

梅子は、男子学生との待遇の違いを見たのだった。歴史あるオックスフォード大学の古い体質の中で、男子学生と同じように堂々と学べない女子学生を見て、梅子は米国のブリンマー大学で自由に学べたことを感謝した。

三月に入り、梅子は、ビッカステテス卿夫人に希望を出していたフローレンス・ナイチンゲールを訪問する機会を得た。今回の英国行きで一番に会いたかった女性であった。

ナイチンゲールは、何不自由ない裕福な英国家庭に育ち、父親から贅を尽くした英才教育を受けた。ある時、慈善訪問の際に貧しい農民を見て奉仕活動のために看護婦を目指す。一八五四年、三四歳の時に家族の反対を押し切り、看護婦としてクリミア戦争に従軍した。

トルコにおける看護婦総監督として、イスタンブールに隣接し、ボスポラス海峡に面したスクタリの病院へ派遣された。そこは病院とは名ばかりで、壁には厚く埃が積もり毒虫やネズミが床を這い、床の汚れた水たまりは部屋中にいやな臭いを放っていた。負傷兵は冷たい床に横たわっていた。まさに死を待つためだけの病院であった。

ナイチンゲールは、病院を清潔にすることから始めた。スクタリへ向かう途中で買い求めてあったタオル、石鹼、歯ブラシを配布した。温かい食事も用意した。その雑務に追われながらも負傷兵の看護にあたり、昼も夜も休みなく働いた。兵士から「白衣の天使」として慕われた。

やがてその功績は、従軍牧師《じゅうぐんぼくし》や新聞記者により、英国民に伝えられた。ビクトリア女王の耳にも入った。一八五六年、クリミア戦争が終わると英国に帰国し、疲れ果てたナイチンゲールは病に倒れるが病院内に事務所を置き、精力的に英国陸軍の衛生業務の改善に取り組んだ。独自の統計学的な膨大な資料とその改善策を、ビクトリア女王に提出した。

その後、ロンドンの聖トーマス病院内に「ナイチンゲール看護学校」を設立した。病院内の不衛生を指摘して看護の基礎を築いたのである。それは、スイスの実業家アンリ・デュナンのこころを動かし、一八六四年、ジュネーブに国際赤十字社が設立され、国際的な組織へと発展していった。

ナイチンゲールは七十八歳になっていた。すでに長引く病で入院していたが、足元に真っ赤なシルクのキルトを置いた真っ白いシーツのベッドの上に、キルトの肌掛けを羽織って座っていた。活力のある知性溢れる目で梅子を見つめ、その話にじっくりと耳を傾けた。梅子は、慈愛に満ちたその姿に自分のこころの中の想いを語り、それを成し遂げるための助言を求めた。梅子は、ナイチンゲールを讃えたロングフェローの詩が頭をよぎった。

戦野に傷ついた人々が　すさまじい痛みの病院に運ばれ
陰気な廊下に　冷たい石の様な床に横たわる
ごらん！　あのみじめな家に
私は見る　ランプを持つひとりの婦人が
ちらちらとするうすあかりの中を
へやからへやへ　かろやかにすぎるのを

「ランプを持つ女神」（田中京子訳）より

ナイチンゲールは、梅子の手を取りその高い志を讃えた。当時の自分と梅子を重ね合わせて、梅子にまるで自分を見ているようだと話した。

「成し遂げるということは、生やさしいものではないがその道は暗くとも、常に志を抱いていれば、必ず成し遂げられる明るい輝きの道となる。どれだけの苦労があってもそれは必ず喜びに変わる」

ナイチンゲールのその目は優しさにあふれていた。

そして、女性の地位は必ず向上するから希望を失わずに努力するようにと励ました。自分の命も顧みずどれだけの努力を重ねてナイチンゲールが兵士や病院のために貢献したか、それは梅子にとって想像を超えるものであった。

彼女の穏やかなほほ笑みには、気負わず自然な流れの中で、そのことを成し遂げたような穏やかさがあった。一つひとつの積み重ねこそがいかに大切であるかということを教えられた。

梅子は、多くの兵士を救ったその温かな手から言葉以上の優しさを感じた。お別れとお礼を述べて病室を出ると、ナイチンゲールの病室の看護婦が足早に追いかけてきた。看護婦は梅子に病室に飾ってあった花束を手渡した。梅子は、ナイチンゲールのその優しい心遣いに感動した。その花束の中のすみれやスズランの花をナイチンゲールの訪問の記念として押し花にした。

「いつか自分が私塾を開いた時に、必ずこの押し花を飾ろう。命をかけて看護に尽くした美しい魂と、それをみごとに実行したこころの強さの証として飾ろう」。ナイチンゲールの花束を押し花にして梅子は生涯の宝物として大切にした。

7　フィラデルフィア委員会

梅子にとって、デンバーの会議の出席から英国で過ごした約一年間は、女性のための私塾設立を夢見ながらもなかなか進まないもどかしさを後押しするかのような出会いと、さらに多くの友人や支援者に出会えた旅であった。

梅子は英国を後にして、再び米国に戻った。ランマン夫人に会い二人の懐かしい思い出の地を旅した。梅子は心穏やかにランマン夫人に胸の内を話した。

「あのお転婆《てんば》な娘は、今多くの友人たちに囲まれてこれから新しい旅に出ようとしています。

それはここ米国の東海岸から始まりました。

チャールズとアリデンの献身的な愛情によって私のこころの中で芽生えたその種は、芽を出し太く大きな木となりました。

いつも私に深い愛情を注いでくださったからこそどんな時も、その木は折れずにここまで来ました。

本当にありがとうございます。

私の魂は米国から日本へと、日本から米国へと行き来しながら育まれていきました」


明治三十二年（一八九九）二月、「高等女学校令」が公布され、八月に「私立学校令」が公布された。女子教育の法整備が整い、女子教育への機運が高まる時代となっていた。「高等女学校令」は、各道府県が高等女学校を一校設けることを義務付けた。

それは富国強兵の一環であることも否めなかった。そして教師不足という問題も抱えることとなった。


七月、梅子は帰国した。デンバーでの活躍が日本の新聞でも大々的に報じられていた。梅子には日本女性最高の教育者としての地位と、高収入が待っていた。

モリス夫人宛の手紙　　　　　　　　１８９９．12．28

……私の計画はより高等な教育、
とくに英語で政府の英語教育者の資格試験に備えようというものです。
今のところ、私立校でこの試験に備えた教育をするところは皆無で、
女性で試験を受ける人はほとんどいません。
国立の女子師範学校は大変良い教科を教え、
教員養成をしていますが（英語はない）、
実際に職場を得られる人の数は限られていますし、
卒業後の義務や制約があるので、問題があるのです。
私は女子の高等教育に全力を尽くしたいので、
どうしても自分の学校を持ちたいのです。

『津田梅子』大庭みな子著より

梅子の私塾の支援のために、私塾創設の半年前から、米国では「The Philadelphia Permanent Committee for Tsuda College」（フィラデルフィア委員会）が立ち上がっていた。

委員会会長は、梅子がブリンマー大学留学の時に支援をし梅子の希望により設立された「American Scholarship for Japanese Women」の委員会会長を引き受けた大恩人であるメアリー・モリスであった。

梅子が「華族女学校」と「女子高等師範学校」に辞表を提出する以前から、米国では準備が始まっていたのだ。メアリーはすぐ、個人的に多額な寄付金を梅子に約束した。そして各方面に支援を要請した。フレンド派の有力な牧師チャールズ・ウッズは理事を引き受けた。

明治三十三年（一九〇〇）三月、「フィラデルフィア委員会」の第一回の集会が開催され、正式に委員会は発足した。アリス・ベーコンが、梅子の協力のために日本に向かう一ヶ月前である。集会ではブリンマー大学のケアリー・トーマス学長が司会を務め、ほどなく日本で教鞭を取るアリスがその計画を詳しく話した。梅子の私塾の趣旨や計画などが報告され、支援は承認された。「フィラデルフィア委員会」はメアリーを委員会会長に、副会長はブリンマー大学時代の親友のアビー・カーク。会計は、ブリンマー大学の友人のアナ・ハーツホンの叔父チャールズ・ハーツホン。書記はアナ・ハーツホン、その後書記は、ブリンマー大学で生物学の実験助手をしていたリー・ゴブに代わった。一般会員には新渡戸稲造の妻マリー・エルキントン、梅子のブリンマー大学の学友たちや、アナの学友も名前を連ねた。そして多額の支援金が集められていった。

米国から帰国する一年前に、ハドソン河の川下りで捨松が提案した、日本の女子教育のために学校を創るという約束が実現する日は近い。戸惑いながらも日本の女子教育を創る夢は着実に進んでいた。そして、それは梅子の私塾創設で形をなした。留学時代に三人が抱いた夢のみごとな実現である。

大山侯爵夫人となっても梅子を励まし続け力となった捨松、二つの学校で教授の道を歩む繁子。

二人とも結婚し子育てをしながら夫を支えつつも自分の道を進んでいた。しかし、二人はハドソン河の約束を忘れてはいない。梅子の夢は自分たちの夢でもある。いよいよ創設される梅子の私塾に捨松と繁子は力を注いだ。

米国にいるアリスは、ハンプトン師範学校で校長になっていた。あらゆる女性のための看護学校を設立して職業差別問題解決のための活動もしていた。

梅子と同じ教育分野、異文化教育の道に進んだアリスは、梅子の生き方に共感しており志を共にしていた。アリスと梅子とは、共通の価値観があった。

「米国女子留学生第一号」として渡米して出会い、育んだ友情、そして青春時代を米国で共に過ごし日本の女性の模範となるべく学んだ頃の友情は揺るぎない。梅子、捨松、繁子、アリスの結びつきは、誰にも負けない深い信頼と堅い信念があった。四人の夢はみごとに花開いていく。梅子、捨松、繁子が交わしたハドソン河の約束が実を結ぶ日は、もうすぐそこまで来ていた。

四月、アリスは、米国にて承認された「フィラデルフィア委員会」の第一回会議の報告書をたずさえて来日した。それは「女子英学塾」創立の五ヶ月前である。

アリスは、梅子と交わした約束を守り、梅子を支えるべく二年間の約束で来日した。アリスの養女として米国へ渡った渡辺光子は十四歳となり、梅子の私塾を手伝うべく一緒に帰国した。アリスは、捨松のはからいで「女子高等師範学校」の教師も兼任することになっていた。

「American Scholarship for Japanese Women」（日本婦人米国奨学金制度）について

メアリー・モリスが委員長であるこの制度は、昭和五十一年（一九七六）まで八十四年間継続され、その渡航費、学費、寮費と滞在中にかかる経費などが用意された。二十五人の日本女性が、米国の大学で学んだ。メアリーの没後も孫のマーギュリー・W・マッコイに引き継がれていった。この制度により七人目の留学生で津田塾大学四代目学長の藤田たきは、国連総会の女性として初の日本政府代表代理となった。海外で活躍している女性も多い。二十五人目の留学生を最後に、残高の約一万八千ドルはすべてブリンマー大学に寄贈され、それを基金としてあらたに「ウィスター・モリス夫人日本奨学金」が学内に設置され、日本人学生が授業料の一部として受け取ることになった。

「Church of England」（イングランド国教会）について

カトリック教会の一部であったが、十六世紀のヘンリー八世からエリザベス一世の時代にかけてローマ教皇庁《きょうこうちょう》から離れ独立した。プロテスタントに分類されるが政治的な問題であり、カトリック教会の教義自体は否定しないため典礼的にはカトリック教会との共通点が多い。英国南東部のケント州のカンタベリー管区のカンタベリー大聖堂、北部ヨークにあるヨーク管区のヨーク大聖堂がある。英国聖公会とも呼ばれている。日本には安政五年（一八五九）、チャニング・ウィリアムズの来日により宣教された。明治二十年（一八八七）に日本聖公会が設立された。関連組織に聖路加国際病院《せいろかこくさいびょういん》、立教大学、桃山学院大学《ももやまがくいんだいがく》、滝乃川学園《たきのがわがくえん》、エリザベス・サンダースホームなどがある。

「The Philadelphia Permanent Committee for Tsuda College」（ツダ・カレッジのためのフィラデルフィア委員会）について

梅子の私塾設立を支援する目的で、メアリー・モリスを委員長として発足した。主にプロテスタント系のフレンド派やブリンマー大学の関係者で構成された。明治三十三年（一九〇〇）三月、「女子英学塾」の設立の六ヶ月前に、ペンシルベニア州のフィラデルフィアで設立された。メアリー・モリスの亡き後は、従兄弟のローランド・モリスの夫人に引き継がれた。そして大正十二年（一九二三）の関東大震災では、この委員会が中心となり、全壊した「女子英学塾」の支援をした。

家族・親族相関図

1871~1899年

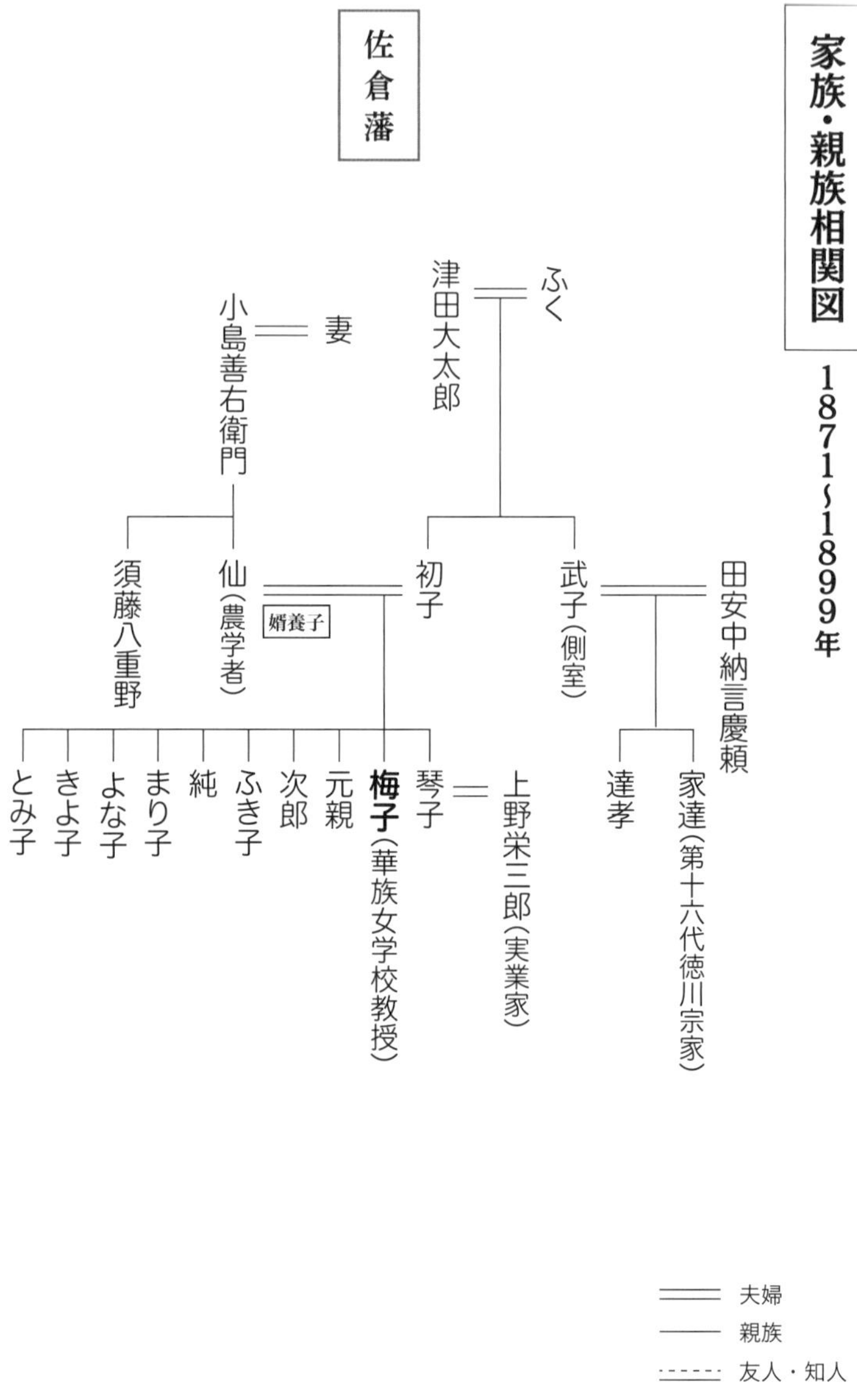

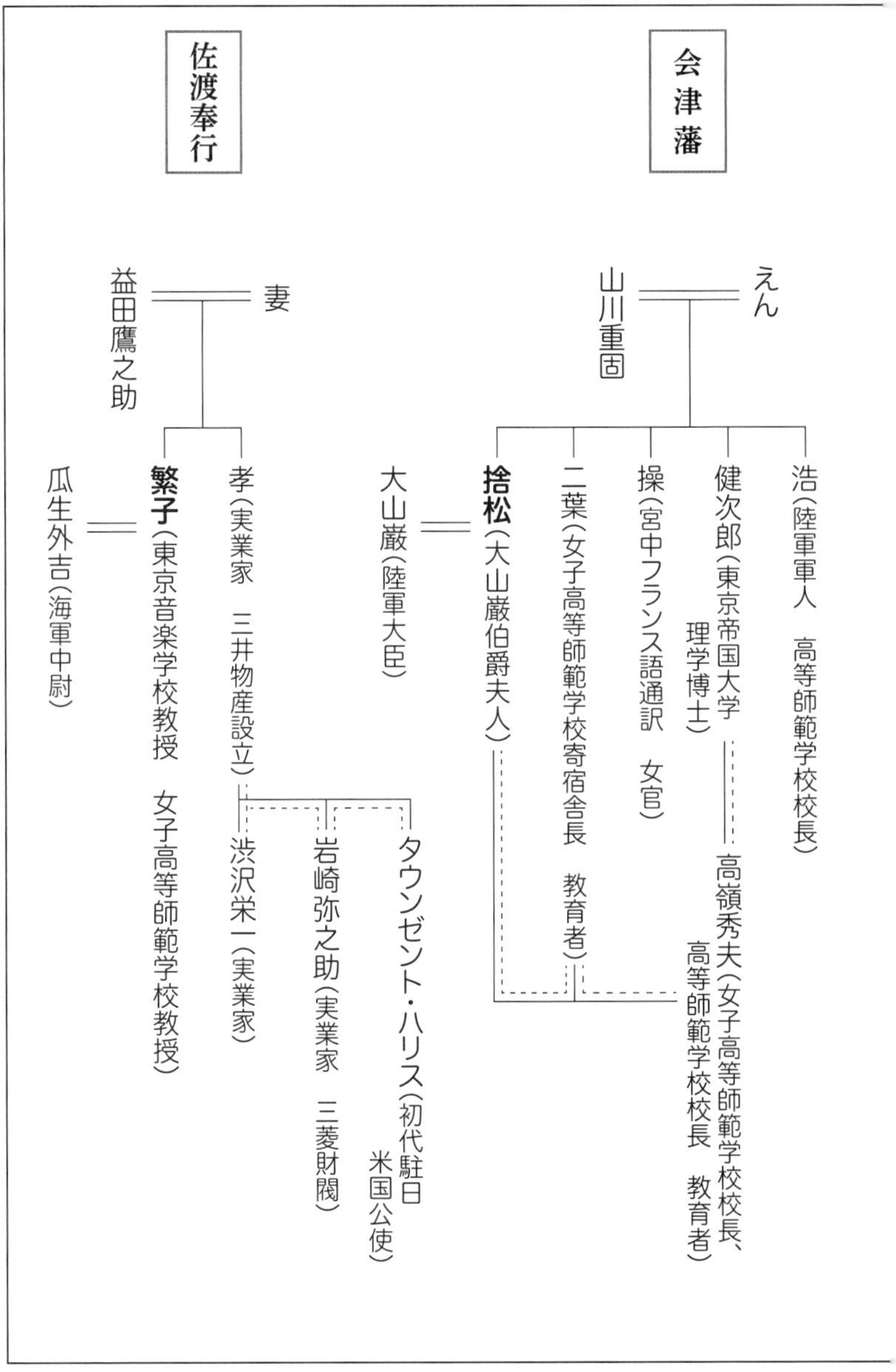
会津藩
えん
山川重固
浩（陸軍軍人　高等師範学校校長）
健次郎（東京帝国大学　理学博士）
操（宮中フランス語通訳　女官）
二葉（女子高等師範学校寄宿舎長　教育者）
捨松（大山巌伯爵夫人）
大山巌（陸軍大臣）
高嶺秀夫（女子高等師範学校校長、高等師範学校校長　教育者）
佐渡奉行
妻
益田鷹之助
孝（実業家　三井物産設立）
繁子（東京音楽学校教授　女子高等師範学校教授）
瓜生外吉（海軍中尉）
タウンゼント・ハリス（初代駐日米国公使）
岩崎弥之助（実業家　三菱財閥）
渋沢栄一（実業家）

友人・知人相関図　1871〜1899年

梅子

アリデン・ランマン
＝
チャールズ・ランマン（日本領事書記官　文筆家・画家）
- ヘンリー・W・ロングフェロー（詩人）
- ウィリアム・ブライアント（詩人）
- チャールズ・ディケンズ（作家）
- ダニエル・ウェブスター（教育者）
- ジュリアス・ソーパー（宣教師　メソヂスト派）
- ペリンチーフ牧師（独立教会）

チャールズ・デロング夫人（駐日米国公使夫人）

森有礼（政治家　初代米国代理公使）

高木三郎（実業家・米国領事）

黒田清隆（政治家　北海道開拓使次官）
- ホーレス・ケプロン（北海道開拓使顧問）

岩倉具視（政治家）

大隈重信（政治家　東京専門学校創設）
- 成瀬仁蔵（教育者　日本女子大学校校長）

伊藤博文（政治家　初代内閣総理大臣）
- 下田歌子（華族女学校舎監　桃夭女塾創設）
- 渡辺筆子（華族女学校教授）
- 西村茂樹（華族女学校校長）

福地源一郎（日日新聞社　劇作家）

新島襄（同志社英学校創設　教育者）
- ウィリアム・クラーク（札幌農学校教授）

新渡戸稲造（札幌農学校教授　フレンド派）
＝
マリー・エルキントン（フレンド派）

高嶺秀夫（高等師範学校校長　教育者）

森有礼

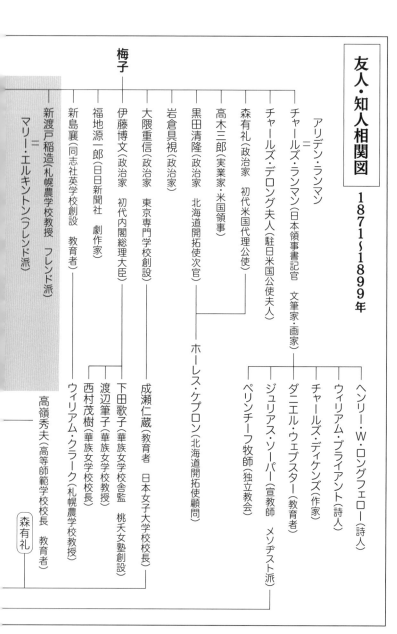

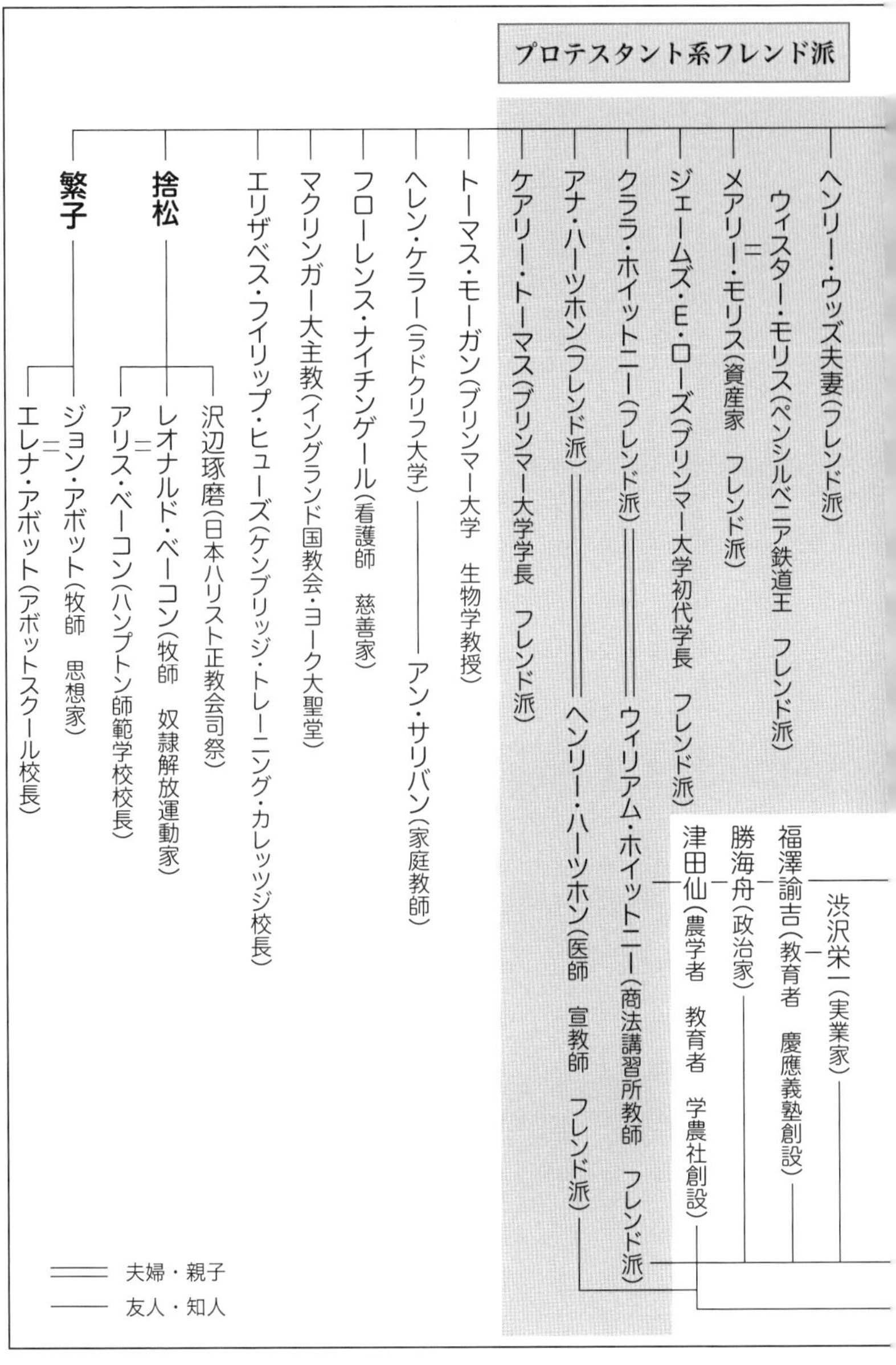

プロテスタント系フレンド派
ヘンリー・ウッズ夫妻（フレンド派）
ウィスター・モリス（ペンシルベニア鉄道王　フレンド派）
メアリー・モリス（資産家　フレンド派）
ジェームズ・E・ローズ（ブリンマー大学初代学長　フレンド派）
クララ・ホイットニー（フレンド派）
ウィリアム・ホイットニー（商法講習所教師　フレンド派）
アナ・ハーツホン（フレンド派）
ヘンリー・ハーツホン（医師　宣教師　フレンド派）
ケアリー・トーマス（ブリンマー大学学長　フレンド派）
トーマス・モーガン（ブリンマー大学　生物学教授）
ヘレン・ケラー（ラドクリフ大学）
アン・サリバン（家庭教師）
フローレンス・ナイチンゲール（看護師　慈善家）
マクリンガー大主教（イングランド国教会・ヨーク大聖堂）
エリザベス・フイリップ・ヒューズ（ケンブリッジ・トレーニング・カレッツジ校長）
捨松
沢辺琢磨（日本ハリスト正教会司祭）
レオナルド・ベーコン（牧師　奴隷解放運動家）
アリス・ベーコン（ハンプトン師範学校校長）
繁子
ジョン・アボット（牧師　思想家）
エレナ・アボット（アボットスクール校長）
渋沢栄一（実業家）
福澤諭吉（教育者　慶應義塾創設）
勝海舟（政治家）
津田仙（農学者　教育者　学農社創設）
夫婦・親子
友人・知人

第四章　ハドソン河の約束から

梅子は、1899年、訪英してナイチンゲールに面会の時に贈られた花束を押し花にして大切に保存した。35歳頃。「ナイチンゲールの花束」（すずらん）／津田塾大学津田梅子資料室所蔵）

1　「女子英学塾」の設立

明治三十三年（一九〇〇）九月十四日、梅子の私塾「女子英学塾《じょしえいがくじゅく》」（現在の津田塾大学）が誕生した。それは、麹町《こうじまち》区一番町（現在の千代田区）の、校舎とは言い難い質素な木造二階建ての借家から始まった。入学生は十名であった。

梅子は、入学式の式辞でこのように述べた。

よい教室や書物、その他の設備もできるならば完全にしなければなりませんが、真の教育には物質の設備以上にもっとたいせつなものがあると思います。それは一口にいえば、教師の資格と熱心と、それに学生の研究心とであります。こういう精神的の準備さえできておりますならば、物質的の設備が欠けていましょうとも、真の教育はできるものである、とわたくしは考えております。

真の教育は生徒の個性に従って、別々の取り扱いをしなければなりません。人々の心や気質はその顔の違うように違っています。わたくしは真の教育をするには、少人数に限ると思います。

英語を専門に研究しようと努力するにつけても、まったき婦人となるに必要なことがらをおろそかにしてはなりません。円満な婦人、すなわち all-round women となるよう心掛けねばなりません。こういう考えから、月に一―二回は英語のほかにいろいろの問題について、専門家のお話を伺いたいと思います。

世間の批評に上らないよう気をつけていただきたいと存じます。何ごとによらず、あまり目立たないように、出すぎないように、いつもしとやかで、謙遜で、ていねいであっていただきたいと望みます。こういう態度は決して研究の高い目的と衝突するものではありません。

『津田梅子』山崎孝子著より

その原稿は英語で書かれ、梅子は日本語で話した。地味な着物を着て、講堂とは言い難い十畳の和室での梅子のスピーチであった。捨松は大山巌侯爵夫人として参列した。米国のヴァッサー大学の繁子の卒業式の日、梅子と繁子と交わしたハドソン河の約束から、日本女子教育の先駆けとして二十年もの長きにわたり、粉骨砕身《ふんこつさいしん》した梅子の姿に涙した。

梅子の「女子英学塾」創設の準備は二ヶ月前から始まった。七月、梅子は「華族女学校」と

「女子高等師範学校」に辞表を提出した。あまりの突然の辞表提出に関係者は驚いた。梅子は、両校において必要とされる教授となっていた。その名誉ある地位と収入を手放すことに家族も驚きを隠せない。しかし、辞表は受理された。

同時に東京府知事に私塾「女子英学塾」の設立の申請をして七月二十六日に認可された。「女子英学塾」という名前は、梅子と同じ時期に「明治女学校」の教師をしていた梅子の女子教育に賛同した桜井彦一郎《さくらいひこいちろう》が付けた。申請の認可が下りると、辞任後の引継ぎと開校の準備で寝る暇もない毎日が続いたが、梅子の気持ちは晴れ晴れとしていた。生徒の募集は、キリスト教の関連誌に数行あまりの小さな告知を載せた。他の女学校から英語教師を目指す生徒も集まった。

梅子は、過大な広告を出さずに小さく始めることを望んでいた。六歳の梅子が「米国女子留学生第一号」として米国に渡ってからすでに二十九年の月日が流れ、梅子は三十五歳となっていた。梅子が温めてきた理想の日本の女子教育。それは、日本の文化と米国の女子教育の融合であり、日本の女子たちが日本の近代化へ向かうための道であった。

梅子は、ブリンマー大学在学中に、人生の大岐路に立った。米国の生物学者としてその実力が認められ、英国の科学誌に載るほどであった。しかし梅子のこころの中は、美子皇后から賜った「皇后御沙汰書」を守ること以外は考えられない。

国費で米国で学んだ十一年間のすべてを、日本の女子のために捧げ、模範となること以外は考えられなかった。米国にとどまり生物学を研究することを熱心に勧めたケアリー・トーマス学長にを振り切り、日本の女子教育一筋に突き進んできた。開校の一ヶ月前に、梅子はトーマス学長に手紙を書いた。

ブリンマー大学ケアリー・トーマス学長へ　　　　１９００．８．９
政府の学校を辞職するに当たっては、民主的なアメリカでは想像できないような
困難がありましたけれど、とにかく無事に名誉ある辞職の運びになりました。
でも、初めの二、三年は日本の知己に
私の計画の援助を頼むわけにはいかないと思います。
そうするのは賢明とは言えず、
初めはごく小さい規模でやり、友人たちに頼みたくはないのです。
三年間の高等教育をするつもりですが、
生徒は公立の女学校その他から募るつもりです。
政府の行う英語の試験に備えるものとし、
日本の他のどんな私立の学校より高い水準の教科内容にします。

『津田梅子』大庭みな子著より

梅子は、過大な広告も出さずに小さく始めることに誇りを持っていた。それは、梅子が米国で見てきた近代化教育の先駆けであることを感じていたからであった。

開校日の数日前に、「女子英学塾」に捨松と繁子が訪ねてきた。アリスが来日してから四人が揃ったのは久しぶりである。

校舎は質素な借家であった。辞職から二ヶ月間の準備期間も短い中、姉の琴子の夫である上野栄三郎が探したものである。皇居のお堀に沿った愛生《あいせい》病院の隣の細い門をくぐり、階段を五、六段上がったところにあった。木造二階建ての一階に六畳が二室あり、その一室は食堂と兼用にした。テーブルと椅子が五、六脚置かれた。もう一室のアリスの居間と兼用室に、生徒用の長椅子とアリスの安楽椅子が置かれた。

玄関の隣にある四畳半は生徒の控室とした。そして十畳の客間が二つあった。その一つは講堂にした。そこには、ランマン夫人が米国から帰国の時に日本でも弾けるようにと船便で送ったピアノが置かれた。繁子は、そのピアノを弾いてみた。繁子の奏でる美しいピアノの音色は、古びた日本家屋の十畳の和室には似つかわしくない。しかしそれは、新しい日本の女子教育の序曲のように聞こえた。繁子のピアノに梅子、捨松、アリスは聴きほれた。梅子は、繁子が助手として頼めるほどのピアノの実力があった。開校式では梅子がピアノを弾くことになっていた。梅子はその練習もしてみた。

米国で学んだその証は、棚に並んだ三百冊の洋書と、ランマン夫人から贈られ海を越えて運ばれてきたピアノ。そのピアノの上には敬愛するナイチンゲールから贈られたすみれの押し花を額に入れて飾った。米国で看護学も学んだ捨松は感動した。捨松も尊敬するナイチンゲールのすみれの押し花がピアノの上で梅子を応援しているかのように輝いている。

米国から持ち帰った三百冊の英書はアリスの提案により、わかりやすくジャンル別に棚に並べた。伊藤博文から譲り受けた数冊の米国の民主主義の英書を、いつか読む生徒が出てくるだろう。可愛らしい挿絵の入った絵本はブリンマー大学時代に梅子が買い求めたものである。生物学に関する分厚い英書も数冊ある。梅子は、ブリンマー大学での、モーガン博士と共同で行った蛙の卵の研究を帰国後も独自に続けていた。

日当たりの良い一番奥の十畳を生徒の寄宿室とした。ここには三名の寄宿生が入る予定である。二階の八畳を梅子の住居とした。広い庭もあり、梅子は上野が探した借家をとても気に入った。十名の生徒と数名の教師、寄宿生には充分である。

梅子は、財閥の力を借りて立派な校舎を備えている女学校とは、全くの別の道を選んだ。

しかし梅子、捨松、繁子、アリスの四人は、この私塾が、必ず日本女子の解放に繫がることを確信していた。「女子英学塾」は、米国で学んだことを基本に、日本人の想いと誇りを盛り込んでいる。それは、梅子、捨松、繁子、アリスの四人の共通の想いである。この新しい女子教育の小さな始まりを誇りに思った。

九月十一日と十二日に、応募者全員に学力内容を知るための試験が行われ、十四日に開校式がとりおこなわれた。十七日に授業が開始となった。

入学生徒は十名。列席者は梅子、アリス、大山侯爵夫人としての捨松、桜井彦一郎、アリスと共に米国から帰国した渡辺光子、「華族女学校」の教え子の鈴木歌子、寮母として梅子の叔母の須藤八重野。合わせて十七名であった。

十名の生徒の内訳は、東京から五名、横浜から二名、群馬、広島、鹿児島から各一名であった。

年齢は、十四歳から三十歳までが入学した。英語教師という専門的な職業を目指す希望者がいたことは梅子の喜びであった。本科と選科に分けて、個人のレベルに合った授業が行われた。

梅子が目指した女子教育は、家庭を守り、男性に従う良妻賢母を育てる女学校とは一線を画していた。女性が解放されるためには、女性にも職業と収入が必要である。そのために英語教師としての職を得る道を示した。

広く世界を見つめ日本でのリーダーとなる女性、男性の良きパートナーとなる女性を目指した。そのためには、偏《かたよ》らない教育をしていくこと。「all-round women」（完《まった》き女性）、偏りのない生き方のできる女性を育てることを目標とした。

職業婦人として自立するには、専門分野を学ぶだけでなく、広く知識と見聞を広めなければならない。そのために、生徒主催による公開の文学会では国内外から講師を招いた。生徒が幅広い教養を身に付けること、さらに英語を通して西洋文化や思想に積極的に触れることも「女子英学塾」の目的とした。

そして、生徒には私生活では質素でなるべく目立たず出過ぎないように、謙虚で丁寧であることを心掛けるように指導した。六歳で渡米して十七歳まで米国の教育を受け、帰国した時には日本語さえも忘れていた梅子だが、決して米国文化に染まることなく、日本女性としてのつつましさを忘れてはいない。

十一年ぶりに横浜に着いて、高木邸で出された和食に戸惑うこともなく箸を使ったその習慣と同じく、梅子のこころには日本の精神が強く流れていたのだ。梅子は常に和服を着て授業をした。

それは、創立時から決めていた。最先端の欧米文化に触れようと入学した生徒は、あまりに地味な着物に身を包んだ梅子に驚いた。

明治三十二年（一八九九）に公布された「高等女学校令」では、修業期間を基本四年間とし、地域によっては、三年ないし五年が認められた。

補習科や専攻科も許可され、入学資格は小学校卒業者など十歳以上の生徒が学べた。明治五年（一八七二）に創設された「女子師範学校」が唯一の教師の育成を目標に掲げていたが、まだ英語教師の育成はなかった。

梅子は、「女子英学塾」で学ぶことにより、これから必要とされる英語教師という職業を女子が持つことを目的とした。職業を持つことが女性の自立の一歩であると考えた。同時に欧米文化に触れることで、封建時代からの閉ざされた女性の解放を目指した。

成瀬仁蔵の「女子大学設立運動」をきっかけに、実業家である広岡浅子《ひろおかあさこ》の働きかけで三井財閥から文京区の目白に五千坪が寄贈され、明治三十四年（一九〇一）四月、「日本女子大学校と附属高等女学校」（現在の日本女子大学、附属中学校・高等学校）が開校された。成瀬仁蔵が初代校長となり、日本で初めての女子大学は始まった。

吉岡彌生《よしおかやよい》による「東京女医学校」（現在の東京女子医学大学）、横井《よこい》玉子《たまこ》の「女子美術学校」（現在の女子美術大学）などが創設され、日本の女子教育にも変化が出てきた。近代化の波の中で女性たちも職業婦人として、新しい生き方を選択できる時代となっていった。

「女子英学塾」は、月曜日から金曜日までの五日制で、一日に一時間の授業が三回、合計三時間行われた。授業は、英文法、英文学、英会話や書き取り、作文、歴史など、それぞれの生徒のレベルに沿った内容であった。

梅子は週に十四時間、アリスは十二時間の授業を受け持ち、鈴木歌子、渡辺光子も英語の教師に加わった。アリスによる英語の時事問題の授業は、毎週金曜日に行われた。一日三時間の授業であっても、宿題や予習に多くの時間が必要であり、予習を怠った生徒は、完全に後れを取った。梅子は、発音に関しても完璧を求め、それは生徒には極めて厳しいものであった。

しかし、梅子の授業は、生徒を引き込むものがあった。生徒たちは、厳しさの中にも梅子の深い愛情を感じた。生徒は、常に自分の意見を持ち発表しなければならない。それは、授業の最中に突然やってくる。

梅子は、可能な限り生徒に意見を述べさせ、梅子が納得のいくまで続けた。自分の意見などを述べる習慣のない生徒たちは戸惑った。さらに、梅子は生徒と教師との議論が進んでできる指導をした。一日三時間の授業により集中力が養われ、生徒たちは、自習により勉強の習慣が身に付き、学びの中に疑問を見つけることを知った。

授業に厳しい反面、梅子は生徒たちと楽しい時間を持った。土曜日は一日中楽しい時間となる。夕食は寄宿生の生徒が交代で作り、夕食の後は、留学時代の米国の話を聞かせた。時に、米国でよく歌っていた曲を教え、梅子のピアノの伴奏で小さな庭でフォークダンスを踊った。

生徒たちは、梅子を慕い、家族のような環境の中で学んだ。梅子の愛情は生徒たちに注がれた。この雰囲気は、梅子が学んだブリンマー大学を思わせた。生徒たちは、授業だけではなく、日常生活の中でも欧米文化に触れた。

授業料は極めて安く、寄宿生の寮費はすべて生徒の食事代に消えた。梅子は無給であり、アリスも無給で支えた。アリスは、「女子高等師範学校」の講師としても赴任していたため、その家賃という名目で梅子に支払っていた。


明治三十四年（一九〇一）四月、この革新的な「女子英学塾」の評判は、瞬く間に知れ渡り、生徒数は、創設から半年で十名増え、さらに二十八名に膨れ上がり、五十名近くになった。手狭になっていく校舎の問題を抱えた。

幸いにも「フィラデルフィア委員会」から最初の三千ドルが送られてきたため、梅子は市ヶ谷の元園町《もとぞのちょう》の敷地六百坪、建坪百五十坪の空き家であった醍醐《だいご》侯爵邸を購入した。

醍醐侯爵邸は、立派な門構えで部屋数はやたらと多いが、二年間も空き家となっていたため建物はかなり傷んでいた。

畳の部屋がほとんどで雨漏りは年中であった。雨が降るとバケツを持って走り回る。隙間風も吹き込み、授業は筒抜けで聞こえる。寄宿生が増えるたびにその都度部屋を修理して使った。


課外授業として、定期的に公開文学会が生徒主催で行われた。『女学雑誌』の編集者で明治女学校校長の巌本善治《いわもとよしはる》や内村鑑三も講演をした。

梅子が英国に招かれた時の「ケンブリッジ・トレーニング・カレッジ」の校長であったエリザベス・フィリップ・ヒューズも招かれた。ヒューズとは三年ぶりの懐かしい再会であった。梅子は、英国視察の時にヒューズが独自で創った女子教育者のためのカリキュラムを学んでいた。ヒューズは喜んで「女子英学塾」で講演をした。

第一回の公開文学会の講演は新渡戸稲造であった。新渡戸は「札幌農学校」を卒業後に、明治十七年（一八八四）二十二歳で、米国のメリーランド州ボルチモアにあるジョンズ・ホプキンズ大学に留学した。その後、ドイツのハレ大学（現在のマルチン・ルター大学ハレ＝ウィッテンベルク）へ留学して農業経済学の博士号を取った。

帰国後に、二十九歳で「札幌農学校」の教授となった。しかし体調を崩したため妻のマリー・エルキントンと共に米国に渡り、温暖な気候のサンフランシスコで療養していた。

新渡戸は、妻のマリーに日本の文化を知ってもらうために執筆を始めていた。しかし、病により手の力が弱くなりペンを握ることさえも困難となった。新渡戸の妻のマリーは、友人のアナ・ハーツホンをペンシルベニア州のフィラデルフィアから呼び寄せた。アナは喜んでマリーの申し出を受け、サンフランシスコにやって来た。そして新渡戸の執筆を手伝った。

新渡戸の本は、日本の魂である武士の精神を英文で書いたものであった。

『BUSHIDO : THE SOUL OF JAPAN』（武士道）Inazo Nitobé 著

序文に新渡戸は、執筆の動機について述べた後このように書いた。

この序文を結ぶに当って、私は、友人アナ・ハーツホンに数々の大切な示唆をして下さったことにつき、感謝を表明したく思う。

日本人が英語で出版したその本は米国で絶賛された。アナの手紙で新渡戸の本の出版を知った梅子は、その本をすぐに送ってほしいとアナに伝えた。それは、日本の武士の精神を書いた本であることを知り、それにアナが関わっていたことに梅子は興奮した。

「女子英学塾」の生徒に、武士の精神を学ばせることができる。梅子は、アナと新渡戸の繋がりに感謝した。すぐに新渡戸に「女子英学塾」での講演の依頼をした。

梅子は、武士の家に生まれ育った。武士の生き方や、武士の妻の生き方に共感できるものがあった。父親の仙は佐倉藩の出身であり、母親の初子は、幕臣の娘であり、初子の姉の武子は徳川十六代宗家の徳川家達の生母である。

六歳まで育った武士の家のしきたり、四歳からの手習いなど、明治に入ってもまだ色濃く残っているその環境の影響で、今でも武士の娘の意識は消えていなかった。

新渡戸は、明治三十四年（一九〇一）一月、米国から帰国した。そして、「女子英学塾」の公開文学会で米国で出版した『BUSHIDO : THE SOUL OF JAPAN』について講演した。まだ日本語訳は刊行されていないその本の内容を、生徒たちは最初に日本語の講演で聴いた。新渡戸は、その年に台湾総督府《たいわんそうとくふ》の後藤新平《ごとうしんぺい》に招かれ、技師として台湾に渡ることになっていたため、その講演は、台湾へ赴任するまでの短い間に三回行われた。

その後、『BUSHIDO : THE SOUL OF JAPAN』は、明治三十七年（一九〇四）、日露戦争が勃発した年に再版され、世界中が日本に関心を寄せる中、日本人が英語で書いた本として注目された。

日本の武士の精神を書いたその本は、欧州では、ドイツ語、フランス語をはじめ六ヵ国語に翻訳されて、世界的な大ベストセラーになった。明治三十八年（一九〇五）、伊藤博文の命により米国を訪れていた金子堅太郎によりセオドア・ルーズベルト大統領に紹介され、ルーズベルト大統領も大賞賛した。

新渡戸は三年後に台湾から帰国するが、その後も「女子英学塾」での講演を続けた。それは、昭和二年（一九二七）まで続いた。新渡戸は、自らを「女子英学塾の伯父」と呼び、多くの生徒たちに慕われた。

2　「女子英学塾」の発展

明治三十四年（一九〇一）十一月、「女子英学塾」の機関誌として、桜井彦一郎を編集主任として『The English Student』（英学新報）が発行された。月に二回発行のこの機関誌は、梅子の名前と「女子英学塾」を全国に広めるためのものでもあった。

この機関誌に、梅子、捨松、繁子、アリス、「立教専修学校」（現在の立教大学）の校長を務めた元田作之進《もとださくのしん》、「東京帝国大学」教授の中島力造《なかじまりきぞう》、英国よりエリザベス・フィリップ・ヒューズが寄稿した。この機関誌は、三年後に、『The Student』（英文新誌）と名前を改め、新渡戸は編集顧問となり連載を載せた。

やがて、英語の教材が少ない中で、梅子によってわかりやすい英語に書き換えられた欧米の名作や、英訳した日本の古典作品が載るようになった。『平家物語』から『那須与一《なすのよいち》』、『敦盛最期《あつもりさいご》の事』。狂言では、『清水《しみず》』『瓜盗人《うりぬすびと》』。樋口一葉《ひぐちいちよう》の『十三夜』などが次々に掲載された。

この機関誌により、予想通り梅子と女子英学塾の名は全国に知れ渡っていった。やがて、一回に三千部を発行するまでになり、機関誌は八年間続いていく。そして、この一部が一冊の本にまとめられて、『TSUDA ENGLISH GRAMMAR FOR GIRLS』『NEW TSUDA READERS』などとして全国の中学校で教材として広く使われることになる。

明治三十五年（一九〇二）四月、「女子英学塾」の梅子の片腕として二年の約束で来日したアリスは、教師の鈴木歌子を伴って米国に帰国する。歌子は、教師であり梅子の秘書役も務めていたが、「日本婦人米国奨学金制度」の三人目としてブリンマー大学に留学することになっていた。アリスは、養女として四歳から米国で育て上げた渡辺光子を「女子英学塾」の教師として残していった。

五月、アリスと入れ替わる形で、アナ・ハーツホンが「女子英学塾」の教師として来日した。元園町の校舎を見たアナは、十名で始まった小さな校舎から移転した大きな校舎に驚いた。校舎の大きな建物は古びた外観ではあるが、使いやすいように修理され、生徒たちの手できれいに清掃がされていた。生徒たちはきびきびと勉学に励んでいた。

アナは、梅子の夢であった私塾が小さな形で始まったことを理解していた。梅子の志も理解していた。アナは、父親であるヘンリーの眠る日本の地で、梅子のために日本の女子教育に命を捧げる決意を持っての来日であった。

アナは、梅子と父親の仙と共に、ヘンリーの眠る青山墓地を訪れ花束を捧げた。アナの親子と梅子の親子の四人が初めて麻布の仙の農場で出会ってから九年の月日が流れていた。

七月、麴町五番町の英国大使館裏手の「静修女学校《せいしゅうじょがっこう》」の土地約五百坪と建物が売りに出た。生徒が五十名、寄宿生が十五名になり手狭になっていたために、梅子はアナと相談して購入を決めた。この購入費用は、「フィラデルフィア委員会」の有力メンバーであるボストンの資産家ヘンリー・ウッズ夫妻からの巨額の寄付金であった。元園町の醍醐邸は寄宿舎として残した。

たった二年の間に、全国から自立を目指す女子が続々と入学してきたのだ。十名で始まった「女子英学塾」の素晴らしい躍進である。

明治三十六年（一九〇三）四月、五番町に建設された新校舎で第一回の卒業式がとりおこなわれた。捨松は、大山巌侯爵夫人として参列した。卒業式には大隈重信が招かれた。大隈は、「教育ある女性の覚悟」と題して講演した。大隈は「米国女子留学生第一号」として米国に渡った梅子、捨松、繁子の三人のその後の生き方に触れた。これからは英語が世界共通の言葉となると語り、高等女学校のため、国の発展のためにも、今まで以上に英語教育と女子教育に力を注いでほしいと語った。

大隈のこの祝辞は梅子を讃えるものであった。いくつもの困難を乗り越え、歩んだ道は着実に開けていく。一つずつ乗り越え、悩みながらも信念で突き進んだ梅子の生き方を大隈は褒め讃えたのだ。梅子の眼にはうっすらと涙が滲んだ。第一回卒業生は八名、そのうち五名が英語教員免許を取得した。英語教師としての資格が与えられた。日本最初の公的資格を持つ女性英語教師の誕生であった。

七月、五番町の北側に約六百坪の敷地が売りに出たため、義兄の上野栄三郎の協力を得て、この土地をさらに買い足し五番町の敷地は千坪を超えた。

「女子英学塾」の驚くほどの発展である。小さな借家で、たった十名の入学者から始まった生徒数は、毎年二倍ずつ増えていった。増える生徒のための校舎や敷地の拡張が必要であった。梅子は、上野からの借入金の返済のため、「女子英学塾」で教える以外に他の女学校の講師や家庭教師も引き受けていた。

十二月、アナは、より高度な英語教育を目指すべく、イタリアのフィレンツェへ向けて横浜を発った。欧州で注目されていたイタリアの新しい外国語教授法、「ベルリッツ・メソッド」を学ぶためであった。「ベルリッツ・メソッド」は、英米文化を知り、理解し、その文化の中から英語を学ぶ。英語によるコミュニケーションを目指し、使える表現を学ぶ。ロールプレイングを取り入れ実践できる英語と、さらに英語で学んだことをより早く吸収して、次へのステップへと進んでいくものであった。

二年後に帰国したアナは「女子英学塾」のために、このメソッドをよりわかりやすくするべく、独自の英語指導書を作成した。その斬新な授業は評判となり、「東京高等師範学校」（現在の筑波大学）や、「東京外国語学校」（現在の東京外国語大学）の男子学生が参観に訪れた。

参観者は日に日に増え、一日の参観人数を制限するほどであった。イタリアのベルリッツ・メソッドの教授法と、アナをはじめ米国から赴任した教師陣により、英語のレベルは引き上げられた。

梅子が、メアリー・モリスとの約束、三年間で「女子英学塾」を軌道に乗せるという目標は完全に達成した。校舎の規模はもとより、授業内容も英文学、英文学史、言語学、語学訓練法などにより、生徒たちの英語の実力は他の女学校と比べても群を抜いていた。

アナによる独自の英語指導書は、英語教師となった卒業生たちにも指導書として使用された。卒業生たちには、わかりやすく使いやすい指導書として評判になった。アナの授業は実に細やかで、生徒に寄り添い、いつも慈愛に満ち溢れていた。アナの生活は質素であったが、時には、生徒たちに驚くほどの支援をした。

課外授業などの公式行事への参加はもとより、演劇の公演では、劇の指導や脚本、衣装作りなどもアナの費用で行った。アナによる読書会は英語で行われ、時事問題も多く取り上げた。

梅子が、これからの日本女性の理想として始めた女子教育は、アリスとの熟考された教育方針から出発して、アナの指導法でさらに根を張り、幹を太らせ、やがて大樹になり豊かな実を付けた。その実は違う土壌でさらに新しい芽を出していく。

英語教師となった卒業生により、その生徒たちに受け継がれていく。「女子英学塾」は、日本女子の斬新な教育の場所となっていった。

明治三十六年（一九〇三）、「専門学校令」が公布された。翌年、「女子英学塾」は、専門学校の申請が認可された。梅子は、塾の経営を私的なものでなく、公的な組織に改め「社団法人女子英学塾」を設立した。定款《ていかん》に、「女子英学塾」は、キリスト教主義に基づき、女子に高等教育を授ける学校であり、社員はキリスト教の賛助者でなければならないと定めている。法人となることでこの条項を入れた。

梅子にとって、七歳からのホームステイ先のランマン夫妻との生活の中で、キリスト教は日常生活の一部であった。そしてその教えにより多くの困難を乗り越え、これからの日本女性の解放に繋がると考えていた。

社団法人の理事に梅子と捨松が就任した。社員に、新渡戸稲造、梅子が所属する日本聖公会で「立教専修学校」の初代校長元田作之進、「明治女学校」校長で『女学雑誌』を主催した巌本善治、「女子英学塾」の機関誌『The Student』の編集主任桜井彦一郎、梅子の姉琴子の夫で実業家の上野栄三郎、大阪の慈善家阿波《あわ》松之助《まつのすけ》の六名が名を連ねた。阿波は定款を作成した。

社員の男性のほとんどが、梅子の父親・津田仙の「学農社農学校」の生徒や教師であった。梅子の日本の女子教育に掲げる志に共感して、自らの力を梅子に捧げたのだった。

社団法人となり、梅子は初めて給与を手にした。それは、「華族女学校」の教授の給与とは比べものにならないほど安い金額であったが、梅子はより一層の情熱を傾けた。

梅子は少人数制を貫き、個人を尊重した教育方針を掲げた。公開文学会では、国内外の著名人の講演会に力を入れた。生徒とより親密になるために、梅子は、常に寝食を共にした。それが教育の基本であると考えていた。

明治三十八年（一九〇五）九月、政府より「女子英学塾」に教員無試験検定が許可された。卒業生は、卒業と同時に全員に無試験で英語教師の資格を与えられ、全国に英語教師として、北は北海道、南は九州まで羽ばたいていった。梅子は職員室の壁に大きな日本地図を貼り付け、卒業した生徒の故郷に、一つひとつリボンで印を付けていった。

職業婦人として、全国に英語教師が普及することを望んでいた梅子にとって、それは極上の喜びの瞬間であった。卒業生に許可された教員無試験検定取扱いは、他の女学校にはない「女子英学塾」のみに与えられた特典の制度であった。その制度は、十九年間にわたり独占された。

梅子の「女子英学塾」は、次々と開校される女学校の中において、唯一、政財界に一切資金援助を頼らずにこれからの日本の女子教育のあり方を掲げていった。それは、創設期から妥協することがなく続いた。新しい日本の女子のための私塾として、近代化の先駆けとなる女子教育を創り上げることは、捨松、繁子とアリスの夢であった。

梅子は、米国と英国で学んだ女子教育に、日本伝統の文化や道徳などを率先して取り入れた。それは、「all-round women」（完《まった》き女性）――偏らない生き方の女性となるためである。西洋と東洋のみごとな融合ともいえる。

米国女子留学生として学んだ、梅子、捨松、繁子で交わしたハドソン河での約束。そして米国人の親友アリスの賛同も得て四人で始める新しい日本の女子教育は、それぞれが育まれた米国東海岸のプロテスタント系フレンド派から多くの支援を得て、ここに完成した。

「女子英学塾」は創設から五年が経っていた。梅子は四十歳になっていた。

3　日露戦争と「女子英学塾」

明治三十七年（一九〇四）二月、日本はロシアとの外交交渉が決裂、ついに日露戦争へと突入した。「女子英学塾」の理事として梅子を支えていた捨松は多忙になる。夫である大山巌は現役から退いていたが、明治天皇より勅命を受け、満州軍総司令官《まんしゅうぐんそうしれいかん》として満州へ出征したのだ。

大国ロシアとの戦いは無謀とも言えた。日本の置かれた状況では、誰も勝利を信じることはできなかった。激戦が続き、負傷兵が続々と日本各地の医療施設に送られてくる。幼い頃に、会津若松城で負傷兵の看護をした捨松は米国留学時代に、ヴァッサー大学卒業から帰国するまでの数ヶ月間、ニューヘイブンの看護婦養成学校で看護学を学び看護の実習も経験していた。

当時から、赤十字社に興味を持っていた捨松は、負傷兵看護活動の組織として日本赤十字社篤《とく》志《し》看護婦人会の理事となり留守を守る軍人の夫人たちと、毎日兵士たちのために包帯作りや救急箱作りに励んだ。

繁子の夫である瓜生外吉も出征した。その後の日本海海戦では、東郷平八郎《とうごうへいはちろう》のもとに活躍する。繁子も、赤十字病院で募金活動などの奉仕活動を行った。繁子は、日本を代表する二つの学校の教授を務めていたが、二年前にすべて辞任した。若手音楽家や多くの音楽教師を育てた。

捨松と繁子は、留学先のヴァッサー大学や、ホームステイ先のコネチカット州に住む多くの友人や知人に向けてひとりでも多くに日本の現状を知らせるべく、米国のアリスに手紙を送った。

二人は日本軍人の妻である。

捨松の夫の大山巌は満州軍総司令官、繁子の夫の瓜生外吉は海軍少将《かいぐんしょうしょう》常備艦隊《じょうびかんたい》司令官であった。ロシアと戦う日本の正当性を説き、日本への理解と支援を求めた。

その手紙を受け取ったアリスは、日本の状況が逼迫《ひっぱく》していることに驚き、手紙の内容を米国民に知らせようと、捨松がホームステイをしたコネチカット州のニューヘイブンの地元の新聞に投稿した。アリスは、手紙の一部を二人の許可なしに載せることにしたと前置きした上で、捨松と繁子の手紙を紹介した。

捨松は、「日本の婦人たちが委員会を作り、戦地で必要としている物資を送る仕事をしている。天皇陛下から身分の低い労働者まで、勝利をおさめるまではどんなことも耐えていく覚悟があり、日本人はみな一体となってベストを尽くしている」ことをあげた。

繁子は、「東京だけでも八九五〇世帯が貧困にあえいでいる」とし、今まで深刻な貧困に直面したことのない、人口二百万人を擁する大都市の異常事態をあげた。

このアリスの投稿への反響は大きく、ニューヘイブンの住民から、新聞社やアリスのもとに支援金が送られてきた。ニューヘイブンの住民は、二十年以上前の「米国女子留学生第一号」の二人を忘れてはいなかった。フェアヘイブンのエレン・アボットからも支援金が送られてきた。留学から帰国後二十二年経ち、捨松は四十四歳、繁子は四十二歳となっていた。

この海の向こうからの善意に捨松は涙を流し、アリスの友情に感謝した。支援金を送ってくれた米国の一人ひとりに礼状と領収書を送った。そして、捨松は、米国の全国版の週刊誌『コリアーズ・ウイークリー』に投稿した。その記事は、大山捨松一家の写真入りで掲載された。

戦時下における日本婦人の働き

傷病兵の多くは退院してからも家に待機して、
再び召集がくるのを待っています。
貧しい兵隊は退院して家に帰る時、着て帰る着物がないのです。
そこで、私の知人はこうした兵隊のために普段着を縫ってあげています。（中略）

アメリカの皆様の心が、
私達と共にあることはよく分かっています。
たくさんのアメリカ人が、日本に同情的であると聞いています。
私達は日本の生存のために戦っているのです。
私達の主張は正当で間違っていないと信じています。
私達は勝利を確信していますが、
それにはもう何年も戦っていかなくてはなりません。
アジアに永久平和をもたらすために、
どんなに長い間でも戦う心の準備は出来ています。

『鹿鳴館の貴婦人　大山捨松』久野明子著より

捨松の、海を越えて外交官顔負けの切々と日本の実情を訴えたこの格調高い英語文に、米国民はこころを打たれさらに次々と寄付金が送られてきた。

繁子も婦人向けの月刊誌『ハーパーズ　バザー』に、「日本の指導的な女性と戦争」と題した長文を投稿した。米国に向けた、日本人女性のこのようなメッセージは前代未聞である。しかし二人は、逼迫した日本の現状を訴えた。

捨松と繁子は、「米国民」として日本人へ支援を求めた。十代の多感な時期に育った米国での約十年、米国人としてのこころは米国に残していた。この支援は、親友のアリスとの友情の賜物《たまもの》であった。二人は、思いもよらない米国からの善意の結晶を、託児所や留守家族に仕事を斡旋《あっせん》する救済に役立てた。海を越えた捨松と繁子の精力的な活躍には、目をみはるものがあった。

「女子英学塾」では、生徒主催の英語劇が大々的に上演され、その収益金は戦地へ出向いた兵士の留守家族宅へ届けられた。梅子は、教職員を動員して、授業の合間に包帯作りや靴下編みなどをした。生徒たちも一丸となって奉仕活動を行った。

戦地で戦う男性にひけを取らない女性たちの行動。日本国民の老若男女すべてが一丸となってこの戦争と戦った。武器こそ持たないが、それは武士の精神と変わらない。

明治三十八年（一九〇五）五月、日本は、日本海海戦により奇跡的に日露戦争に勝利をおさめ、九月に米国のニューハンプシャー州ポーツマス海軍造船所にて日露講和条約（ポーツマス条約）

が締結された。

岩倉使節団として、梅子たちと共に留学生として米国へ渡った金子堅太郎は、伊藤博文の命により二月に渡米していた。金子は、留学していた「ハーバード大学」の先輩であるセオドア・ルーズベルト大統領に会い、日露戦争後の対策について粘り強く日本の立場を伝えた。

ロシアとのより良い外交を結ぶべく非公式で行動をしていた金子の努力もあり、ルーズベルト大統領は日露講和会議において、日本とロシアの中立的立場で貢献を果たした。捨松と繁子の魂の叫びも米国民は忘れてはいなかった。


翌月の六月に、大山侯爵邸で「女子英学塾」の第一回の同窓会が開催された。捨松は、満場一致で同窓会会長になった。梅子は、同窓会の第一号会報誌にこのような寄稿をした。


私たちのはじまりは、まことに、小さなものでした。

しかし、規模そのものは価値の基準にはなりません。

私たちは、小さなはじまりに誇りを持っています。

今もなお、小さな学校であることに誇りを持っています。

教師や他人に依存することを促すような教育は
卒業して校門をあとにするとともに
終わってしまうような教育です。

少人数でも勉学に励み、知識だけでなく、精神的に強い生徒の育成を目的としていること。そしてこれからも、少人数だからこそできる細やかな指導、生徒の自主性を重んじることが教育であると論じた。そして、男性に求められる自主性が、女性にも同じように身に付けば、本当の意味での女性解放に繋がると結んだ。

日露戦争においての、捨松や繁子の米国の新聞や雑誌への投稿や、日本での精力的な活躍は、女性たちへのメッセージであり、生きた教育であった。同窓生にとって、誇らしく勇気の湧く出来事であった。

梅子が目指していた「all-round women」（完《まっ》き女性）、すなわち偏らない生き方が、そこにあった。英語を学びその文化を学び、視野の広い女性になること、世界に目を向けていくことは、これからの日本女性の生き方を変える。

自立した女性として、結婚した後も夫にとっての良きパートナーとなることを女性たちへ伝えた。「女子英学塾」には、全国から評判を聞きつけてさらに多くの女子が入学を希望してきた。梅子は、増えていく生徒のために、よりすぐれた教育体制を目指した。資金も必要になる。梅子は、他の女学校でも教鞭を執り、なおかつ数名の家庭教師も引き受けていた。

メアリー・モリスとの約束は、創設から三年間の様子を見て、その後の「女子英学塾」の存続を願い出ることであった。しかし、その斬新な教育方針は評判となり、三年どころか毎年全国から入学希望者が増えていった。手狭な校舎、寄宿舎も増やさなければならない。少人数制を貫き通しているため、外国の教師も増やさなければならない。問題は山積みとなる。

梅子の教育方針に賛同して入学する女子たちに、なんとか応えたい気持ちでいっぱいであった。入学者が増える嬉しさに反して、梅子の苦労は倍増していったのだ。「女子英学塾」の経営で頭がいっぱいであった。

約千坪に拡張した敷地と、新校舎建設の資金は、「フィラデルフィア委員会」と、日本での大規模な寄付金制度などに頼っていたが、国からの資金に頼らない方針の「女子英学塾」の財政は困難を極めていた。

授業が終わると梅子は自室に入り、オリジナルの英語の教科書を作成したり、「フィラデルフィア委員会」への報告とさらなる支援の依頼や、米国の友人たちにあてた手紙も書いた。「女子英学塾」を支えてくれる多くの友人や支援者には感謝しかない。梅子は丁寧な礼状を書いた。特に、米国のランマン夫人は夫を亡くし気弱になっていたために、前にも増して梅子は手紙を書いた。時には、月に三百通もの手紙を書いた。

実は梅子は創設当時から、身体のだるさを感じていた。そして持病の喘息《ぜんそく》もあった。それに加えて、たった四年で法人登録を済ませ、増える生徒の対応と教師の増員に奔走する日々。さらなる深い授業内容の検討、そしてそれらを支えるための財源の確保がまだまだ必要である。肉体的にも精神的にも疲れる毎日であった。

日本の女子教育のために海を越えて多くの米国の支援者に支えられた「女子英学塾」は、梅子、捨松、繁子、アリスの誇りであった。ハドソン河の約束は実行され、さらなる飛躍が待っていた。若さに満ち溢れ希望を抱いたあの時代を想うと、あと少し頑張ってここを乗り越えなければならない。

　もうひと踏ん張りであることは、捨松も繁子もわかっていた。しかし、この時期を乗り切るためにも、捨松は、梅子に休暇が必要と感じて提案した。

「ウメ。近頃顔色がよくないわ。喘息も出ているようね。梅子の努力で『女子英学塾』は、ここまで大きくなりました。新しい気持ちでここを乗り切るためにしばらく、休暇を取ってゆっくりしたらどうかしら」

「ステマツ。ありがとう。でも私には、やらなければならないことが山積みです。わかっていると思うけどまだまだ資金が必要です。寝ている時間もないのです。この時期に休暇を取ることなどできません」

　捨松は、いつになく強い言葉を返してくる梅子に不安を覚えた。多忙を極める仕事のこなしを見ていた捨松は、体調を崩し、身もこころも疲れている梅子に再度休暇を提案した。

　精神的にも肉体的にも追い詰められている梅子には休養が必要であった。「疑問を解決して、できることはすべてやり遂げる」。この完璧すぎる徹底した生き方は、梅子の資質である。しかし、その梅子の強さに捨松は不安を覚えた。捨松は繁子とも相談をして、あまりに一途になっている梅子に休暇として外遊を勧めた。外国に行けばまた元気が取り戻せると考えた。

「女子英学塾」の経営は順調とは言えない状態であったが、社員が一丸となり手を尽くしている。教師たちも充実していた。創立からすでに七年の月日が流れ、梅子は、米国の発展も見てみたいと考えるようになった。梅子は、この捨松の提案に感謝した。

4 実妹の余奈子と欧米へ

明治四十年（一九〇七）一月、梅子は実妹の余奈子《よなこ》を同伴して、休暇として外国を巡る旅に横浜港から出航した。梅子四十二歳、四回目の渡米であった。

梅子の外遊となると、それは完全な休暇とは言えず、立ち寄り先では数多くの講演会が予定された。出発の間際に「女子英学塾」では、梅子の壮行会が行われた。捨松をはじめ教師や同窓会会員など約二百名が出席した。

最初にハワイに到着した。ハワイで教師をしていたブリンマー大学時代の友人の企画により、学校の視察と講演会が行われた。その温暖な気候を満喫してゆったりと休暇を味わった。潮風がここちよく、温暖なハワイの気候とフレンドリーな人々。どこまでも透き通った海の砂浜を裸足で歩いてみる。潮風を感じながら読書をした。余奈子とのたわいもない会話に明るく笑った。ゆったりと静かに流れる時間を味わう。

ハワイの気候は梅子の健康を取り戻した。梅子は毎日朝早く海岸を散歩した。素足で砂浜を走った。美しい朝日を身体いっぱいに浴びる。深呼吸をする。喘息は一度も出ない。すっかり体調が良くなり、梅子は幸せを感じた。

二月にサンフランシスコに入った。そこでも、何人かのブリンマー大学の卒業生に会った。その後、大陸横断鉄道でアメリカ大陸を南下してルイジアナ州のニューオーリンズに入った。

梅子は、旅先からブリンマー大学のケアリー・トーマス学長に数回の手紙を送った。「女子英学塾」への支援を求めるものであった。ブリンマー大学同窓会会報には、日本における女子教育について寄稿をした。ブリンマー大学時代に、生物学で共に学んだ親友のアビー・カークも支援の原稿を寄せた。米国へは休暇の旅であっても、梅子は必ずその土地の友人を訪ねて積極的に「女子英学塾」への支援を求めた。

三月にワシントンD.C.に入った。ワシントンD.C.の発展ぶりはすさまじく、梅子の想像をはるかに超えていた。梅子は、ワシントンD.C.の郊外のジョージタウンに住むランマン夫人と再会した。ランマン夫人はかなりの高齢になっていた。夫人は、梅子を見るなり抱きついた。梅子は、弱々しいランマン夫人をしっかりと抱きかかえた。ランマン夫人は、梅子の腕の中でほほ笑んだ。すがるようなその姿に梅子は月日の流れを感じた。初めての米国留学から三十五年が経っていた。

八年ぶりに梅子が見た米国は素晴らしい発展を遂げていた。梅子の最大の支援者であり大恩人でもあるフィラデルフィアのメアリー・モリスを訪ねた。メアリーは梅子を歓迎した。

そして着実に志を貫いている梅子を賞賛した。梅子は、今までメアリーがしてくれた多くの支援にお礼を述べた。メアリーがいなければ今の自分はなかっただろう。

フレンド派の東洋進出のために、メアリーは日本での梅子の活動を全面的に支援した。ブリンマー大学への留学の際には、メアリーの最強のコネクションであるローズ学長から、学費と宿泊費の支援を受けた、メアリーは、「日本婦人米国奨学金制度」の委員会会長となり、日本からの女子留学生を受け入れている。梅子が「女子英学塾」を創設する時に、「フィラデルフィア委員会」を立ち上げ、創設時から多額の支援金に助けられた。

梅子は、メアリーの深い愛に包まれて自分の夢が開花したことに深い感謝の意を述べた。留学時代の七歳の頃から、梅子の聡明さを知っていたメアリーは、これからの梅子の活躍にエールを送った。

モリス邸に集っていたフレンド派のアナ・ハーツホンや新渡戸稲造も、今や梅子の私塾になくてはならない存在となっている。日本で女子教育を進めるという梅子の夢は、メアリーの夢でもあった。夢を成し遂げた梅子は、メアリーの誇りであった。

メアリーは、米国の素晴らしい発展は、活動的で聡明で知的な米国の国民性と教育の普及によるものだと語った。この機会に米国をよく観て、今後の活動に取り入れていくようにと助言した。

モリス邸の居間にある分厚いゲストブックには、新島襄、内村鑑三、新渡戸稲造らとともに、日本からの女子留学生の名前が連なっていた。一八八三年、松田道。一八九八年、河井道。一九〇四年、鈴木歌子。一九〇六年、星野あいと続いていた。梅子がメアリーの支援で始めた「日本婦人米国奨学金制度」の成果は着実に出ていたのだった。梅子は感無量であった。

七月、梅子はアリスに再会した。アリスが所有するニューハンプシャー州のスクワム湖畔の別荘にしばらく滞在した。広大な土地に建つ、別荘と名付けられたその施設には、アリスの教育者としての思想がそこかしこに溢れていた。

アリスの異文化研究における集大成ともいえるその施設は、教育機関として多くの人たちが宿泊し、人種や職業の差別なく自由に会話のできる場所であった。ここには、アリスの知人、友人、学者、文筆家、教会関係者などが多く集まってきた。夏休みには、ブリンマー大学に留学している日本の女子は必ず招待された。日本をはじめとした多くの海外からの学生たちが訪ねていた。

釣りやカヌー遊び、キャンプファイヤーなど、心おきなく大自然に親しめる素晴らしい環境である。アリスが思い通りの教育を実現していることに梅子は驚嘆した。

アリスは、「女子英学塾」に全国から入学者が集まってくる現状を喜び、高い志を貫いている梅子を賞賛した。そして、これからの「女子英学塾」について語り、梅子は、自分の夢に向かって、これからなすべきことなどをアリスと話し合った。二人は二十代の頃を懐かしみ、ゆったりとした休暇を過ごした。お互いに離れていても、その志を貫くことを約束した。

ニューハンプシャー州は米国東海岸北部にあり、梅子がランマン夫妻と夏休みに訪れた場所であった。北はカナダのケベックの山々、東にはナイアガラの滝がある。ランマン夫妻と夏休みごとに訪れた美しい景色を思い出した。

浴びる朝日、清々しい東海岸の風、詩人のロングフェローの膝に乗って聞いた物語を思い出した。たくさんの詩が生まれた美しい景色を目にして、七歳から過ごしたこの地に戻ってきた喜び。梅子の身体の中には、少しずつまた情熱がよみがえってきた。

九月にワシントンD.C.に戻った梅子は、米国大統領ルーズベルト夫人に招かれた。余奈子と共にホワイトハウスのグリーンルームに入った。大統領夫人は、驚いたことにアリスの書いた『Japanese Grils and Women』を愛読していたのだ。その本は、梅子が二十六歳の夏に、ハンプトンのアリス宅で過ごした時、アリスと共にまとめたものである。日本の伝統文化、宮廷のこと、武士魂と女性、日本の母親や妻のこと、そして女子教育のことなどが書かれていた。

「ミス・ツダ。ようこそホワイトハウスにいらっしゃいました。この『Japanese Grils and Women』は、日本のことが詳しく書かれていてとても興味深く読みました。日本の女子教育はどのようになっていますか」

「大統領夫人。お招きいただきありがとうございます。そこに書かれていますが日本の女性の意識は武士道に通じるものがあります。私が創設した『女子英学塾』は米国の女子教育に日本の伝統の良さを取り入れて女性の自立を目指しています。

それは、米国の皆さまに支えられています。
いつも感謝しております。ありがとうございます」

日本は、米国と比べるとまだまだ遅れているが、徐々に女子教育にも変化が出てきていることを話し、「女子英学塾」での教育の成果が上がっていることも伝えた。

梅子は、自分が創設した「女子英学塾」が、多くの米国民により支えられていることに感謝の意を述べた。大統領夫人は、米国民が梅子に貢献できていることを喜び、今回の訪問で日本の女子教育のために、米国の良きところを学んでほしいと語った。

後から部屋に入ってきたセオドア・ルーズベルト大統領は、いかつい体に合わず、目は優しさに溢れていた。梅子は丁寧に挨拶を交わした。ルーズベルト大統領は、新渡戸稲造の『BUSHIDO : THE SOUL OF JAPAN』を読み感銘を受け、多くの知人に推奨していたのだった。

梅子は、新渡戸の本が長きにわたり米国で読まれていることを誇りに思った。さらにルーズベルト大統領は、赤穂浪士《あこうろうし》のことを書いた本も読んでいた。話題は、新渡戸の『BUSHIDO : THE SOUL OF JAPAN』に及んだ。大統領が絶賛する武士道の話を聞き、梅子は胸が熱くなった。

梅子は、日露戦争についても語り、「あの戦争は日本の国を守るためだった」ことを力説した。梅子の日本を思う愛国心に大統領は賛同した。ルーズベルト大統領は、日露戦争の停戦を仲介し、日露講和条約調印の立案者として、その功績により、一九〇六年に米国初のノーベル平和賞を受賞していた。

大統領は、「日本人の忠誠心と忠実を米国民も見習うべきだ」と語った。ルーズベルト大統領夫妻の手厚いもてなしに感動して、梅子はホワイトハウスを後にした。

二日後、ランマン邸に滞在していた梅子のもとに、ホワイトハウスから巨大な薔薇とカーネーションの花束が届いた。そこには、大統領夫人のメッセージが添えられていた。大統領と大統領夫人は、毎週読んだ本の冊数の競争をしていた。そしてそれぞれの本について語り合っていると書かれていた。お互いを高め合う、素晴らしい大統領夫妻に会えたことに感謝した。


梅子は、米国の驚くべき発展を感じた。デンバーの「万国婦人クラブ連合大会」で講演をした時から八年しか経っていないが、そのすさまじい発展ぶりに米国民のエネルギーを感じた。

十月には欧州に渡り、十一月にはジェノバからミラノ、ローマなどの遺跡を巡った。古代史にも詳しい梅子は、いつまでも滞在したい気持ちに後ろ髪を引かれながら十二月にナポリを出航した。スエズ運河を通り、中東からインド洋に出てシンガポール、香港を経て、長崎を経由して横浜に帰国した。約一年の壮大な休暇であった。この一年の休暇で、梅子はかなりのエネルギーをたくわえ、また新たな活力が湧き出てきた。


明治四十一年（一九〇八）四月、梅子の父親の津田仙は農業誌の発行や「学農社」の事業を次男の次郎に譲り、引退して余生を鎌倉で過ごしていたが、横須賀本線の車内で脳出血を発症して七十一歳で他界した。葬儀は、仙が創設時より深く関わった青山学院（現在の青山学院大学）の講堂でしめやかに営まれた。

葬儀には、「女子英学塾」の教職員と生徒一同が参列し、賛美歌の後に、社員の桜井彦一郎が略歴を朗読、内村鑑三や新渡戸稲造が弔辞を述べた。そして翌年に母親の初子も、その後を追うように他界してしまった。

さらに追い打ちをかける事件が起きた。明治四二年（一九〇九）十月、伊藤博文が中国のハルビンで、朝鮮民族主義活動家の安重根《アンジュングン》に暗殺された。

伊藤は、岩倉使節団の副使として横浜港から「女子米国留学生第一号」としての幼い梅子らと共に出航した。船酔いで苦しむ幼い梅子たちに特に気を配り、足止めをくった豪雪の大陸横断鉄道では面白い話を聞かせるなど梅子たちを気遣った。

伊藤は、米国から帰国した後に情勢の変わった日本で日本語が全くわからず居場所に悩む梅子を気にかけ、自宅に家庭教師として招き、公私にわたり梅子に大きな影響を与えた。梅子は、伊藤邸の夕食後の居間でこれからの日本の女子教育について何日も一晩中にわたり、英語で議論を交わした伊藤との日々が思い出された。伊藤のあの優しいまなざしが浮かんだ。

梅子は伊藤との深い親交に感謝し、日本の女子教育に対する伊藤の先見の明を讃えた。尊敬の念を込めて長文の書簡「Personal Recollections of Prince Ito 1909」（伊藤公の思い出）を発表した。その最後の文面は伊藤を深く尊敬するものであった。

He has passed away,
and the world mourns a keen diplomatist orator,
a great stateman,

but I――I think of that generous heart,
that genial nature, that human personality, which perhaps was the greatest
part of a great man, ――and I, too, mourn.

『津田梅子文書　改訂版』津田塾大学編より

彼は亡くなりました、
そして、世界中で熱心な外交官としての演説者であり
偉大な政治家を悼んでいます。
でも、私はその寛大な心、その自然な優しさ、その人間としての性格
おそらく、偉大な人の最も偉大な部分であると思います。
私もまた嘆き悲しんでいます。（筆者訳）

梅子は、翌年に鎌倉に移り住んでいた伊藤夫人を訪ねた。米国から帰国間もない時期に日本語もおぼつかない梅子が、伊藤家に家庭教師として招かれた時の思い出。伊藤の国家を思う気持ちと、その時のすさまじいエネルギーに溢れた若き政治家たちと伊藤との激論について懐かしく語り合った。

伊藤が、夜遅くに酔いつぶれて帰宅し玄関先で寝てしまい、初めて見る伊藤の泥酔姿に梅子が大声で驚き、その時の慌てふためいた伊藤夫人の介抱話なども、今となってはお互いに笑いながら話せた。

近代化の第一歩としての大日本帝国憲法制定に、議会制民主主義に、伊藤がどれだけこころを砕いたか。伊藤は一国の最高責任者としての役割を果たした。伊藤夫人には安堵の様子すら感じられた。

明治四十三年（一九一〇）五月、「女子英学塾」は設立から十年の歳月が流れ、生徒数は約百五十名、寄宿生八十名となった。教員や寄宿生増加のために校舎拡大、寄宿舎拡張など環境をととのえていった。繁子は巌本善治退任の後を受けて、三年前から「女子英学塾」の社員となっていた。

五番町の千坪の土地には、建坪百三十坪の新しい校舎が完成した。二階の講堂は四百名が収容できるものであった。その費用の大半は、米国の資産家ヘンリー・ウッズ夫妻の寄付によるものであった。講堂は、夫妻の名前を取って「ヘンリー・ウッズ・ホール」と名付けられた。

感謝落成式が、社員の元田作之進の司会でとりおこなわれた。梅子の所属する聖公会の元田は、「同志社英学校」で学び、二十歳でキリスト教に入信した。その後、ペンシルベニア大学の哲学科、コロンビア大学で社会学を学び、帰国後に立教専修学校校長から一九〇七年立教大学初代学長となった。「女子英学塾」創設時代から、社員として、講師として梅子を支え続けていた。

翌年三月、第九回の卒業式を兼ね創立十周年を記念して、創立十周年記念式典が行われた。第九回の卒業生は二十六名であった。捨松は大山巌公爵夫人として、繁子は瓜生外吉男爵夫人として出席した。大隈重信と渋沢栄一が祝賀講演をした。

生徒による恒例の文学会も大々的に開催された。四百名を収容できるその「ヘンリー・ウッズ」ホールには、天井から大きな米国の星条旗と日の丸の旗が吊るされ、ひときわ華やかな雰囲気となった。

「女子英学塾」同窓会は「女子英学塾」創設十周年の記念号を発行した。梅子はこの十年を振り返り、教育によって達成された女性の進歩とこれからの未来のために、さらに期待を込めて寄稿した。

アナは、二十年前の梅子との出会いと、初めて元園町の「女子英学塾」を訪れた時の感動を語った。


明治四十五年（一九一二）七月三十日、明治天皇崩御《ほうぎょ》。江戸時代の幕末の動乱から、大政奉還、東京への遷都。封建時代から欧米並みの近代国家へと突き進み、みごとに確立を果たした明治の時代は終わりを告げた。

大正二年（一九一三）五月、梅子は日本キリスト教女子青年会（日本ＹＷＣＡ）の代表として、「世界キリスト教学生会議」に出席のために渡米した。五回目の渡米である。

梅子とキリスト教女子青年会との関係は、明治三十七年（一九〇四）にさかのぼる。カナダより世界キリスト教女子青年会のキャロライン・マグドナルドが、日本でのＹＷＣＡ設立の目的で来日し、「女子英学塾」で教鞭を執ったことから始まった。

キャロラインは「女子英学塾」の教師として十年近く勤めており、梅子の女子教育を絶賛していた。「フィラデルフィア委員会」にあてた報告書にはこのように書かれていた。

一人ひとりが識別され、個性が伸ばされておりますので
こうした学生ひとりは
普通のやり方で教育を受けた学生の十人分にかぞえられましょう。
ミス・ツダの学校は
その規模と卒業生の数をはるかに超える影響力を持っています。
その名声は日本の端から端まで届いており
ミス・ツダの名は教育界においてパスポートのようなものです。

ミス・ツダの学校は完全さとしっかりした性格を代表しており
日本における最も重要なパイオニアの仕事をしています。

「世界キリスト教学生会議」は、ニューヨークの北、モホンク湖畔のマウンテン・ハウスで開催された。一週間にわたり、四十四ヶ国の代表二百名が集まっていた。梅子はこの会議で講演をした。「非キリスト教国ではどのように聖書を教えるべきか」という演題のもとに、キリスト教や仏教などの歴史やその動きを語り、聖書では、キリストの生涯や献身、その清らかさを説くことが望ましいと結んだ。

会議の後、ニューハンプシャー州のスクワム湖畔にあるアリスの別荘を訪ね、八月にジョージタウンのランマン夫人を訪れた。ランマン夫人は八十七歳になっていた。あの知的な面影ももはや残っていなかった。メイドと二人きりの生活に明るさはなく、梅子は、ランマン夫人の部屋に

入り、カーテンを替え、こまごまと整理をした。またその合間を見て、ボストンやフィラデルフィアに出掛けて、今までの報告を含めさらに「女子英学塾」の寄付を集めて回った。キャロラインの「女子英学塾」についての報告により、予想以上の寄付が集まった。

ランマン夫人は、忙しく動いている梅子に、いつも嬉しそうな笑顔を見せていた。しかしそれが最後の姿となった。ランマン夫人はその翌年の二月に亡くなった。梅子が帰国した三ヶ月後であった。

大正四年（一九一五）十一月、梅子はその功績を認められ、勲六等宝冠章《くんろくとうほうかんしょう》が授与された。女性の社会進出に対して長年の貢献が実を結んだ瞬間であった。梅子は五十歳であった。教職員たちは何より喜んだ。「女子英学塾」創設からはや十五年の月日が経っていた。教職員は遅すぎると思ったが、認められた事実を祝い、盛大に叙勲祝賀会が行われた。

大正六年（一九一七）二月、十七年を経て、校舎も敷地も申し分なく「女子英学塾」は発展してきたが、増える生徒のための環境をととのえるために、五番町の北側の隣地五百坪をさらに買い足した。

「女子英学塾」の敷地は約千五百坪、校舎の建坪は約五百坪となり、名実ともに誰もが認める女学校となった。

学生は、約二百名となった。内訳は、一年生一一七名、二年生四十六名、三年生三十名。生徒数は、梅子が学んだブリンマー大学に匹敵する数であった。その出身地は、東京五十五名、岡山十五名、宮城や千葉八名、北海道、鹿児島など全国から入学していた。生徒数約二百名に対して、教師二十三名、舎監三名、他職員などを含めると三十五名である。少人数制の手厚い教育がなされた。そして、卒業生は、全国の女学校の英語教師として赴任した。

赴任の都市は、旭川、札幌、函館、弘前、秋田、盛岡、新潟、宇都宮、上田、松本、足利、川越、東京、千葉、横浜、甲府、沼津、静岡、浜松、名古屋、一宮、岐阜、津、大津、京都、大阪、岸和田、舞鶴、神戸、姫路、岡山、尾道、下関、徳島、丸亀、高知、福岡、宮崎など、卒業生はほぼ全国に羽ばたいていった。

第五章　関東大震災をのりこえて

1923年、関東大震災で全焼した女子英学塾の再建に協力したフィラデルフィア委員会のメンバー。梅子58歳頃。(「Philadelphia Committee」／津田塾大学津田梅子資料室所蔵)

1　梅子の入院

大正六年（一九一七）五月、梅子は、身体のだるさやのどの渇きなどの体調不良により校医の診察を受けた。その結果、糖尿病と診断された。念のためにその後、築地の聖路加病院のルドルフ・トイスラー院長の診断を受けた。トイスラー院長は、明治三十三年（一九〇〇）、プロテスタント系米国聖公会により医師として来日、二年後に築地の外国人居留地にあった築地病院を買い取り聖路加病院を創った。梅子と同じ聖公会の病院であったため、梅子の信頼は厚かった。

梅子は入院して検査を受けたが、同じく糖尿病と診断され、精密検査を受けることとなった。二、三日の検査入院のつもりがさらに延長され、いつ帰ることができるかわからない状態となる。梅子の病状はかなり悪化していたのだ。しかしなんとか退院して七月の卒業式に出席したが、それは梅子の最後の告辞となった。

卒業生の皆さんとともに、祈りを捧げたいと思います。
なぜならこれからの皆さんの生活や仕事が、

名誉を得るものであれ、そうでないとしても、
それらはすべて、私たちに、そしてこの学校にもどってくるからです。

私たちは、あなた方が不安な時も、恐怖を感ずる時も、
そして希望と愛にあふれている時も、
私たちはあなた方がどのような状況にあろうと、
いつもあなた方とともにあるということを忘れないでください。

古い時代の狭量《きょうりょう》さ、偏屈さを皆さんから追い払い、
新しいことを求めつつ、
過去の日本女性が伝統として伝えてきたすぐれたものは
すべて保つ努力をしてください。

『津田梅子　ひとりの名教師の軌跡』亀田帛子著より

最後に、梅子はジョージ・エリオットの「崇高に生きる」という詩を詠んだ。

梅子は一貫して「卒業後の社会に出た時の女性の生き方」にフォーカスしている。教育とは、学校の中だけで完結するものではないことを理念としていた。崇高に生きることが、周囲の人々に影響を与える。そのことこそが教育のゴールだと考えていた。

梅子は鎌倉の別荘で療養するが、病気の回復ははかばかしくなく十月に二度目の入院となった。十二月、なんとか回復してアナを伴って小田原に旅行した。繁子は、兄の益田孝の勧めで小田原に住居を移していた。繁子は十二年間務めた「東京音楽学校」の教授を辞任、その後十六年勤めた「女子高等師範学校」の教授も辞任していた。

そして、明治四十年（一九〇七）、繁子は「女子英学塾」の社員に就任した。繁子と久しぶりの再会であったため、梅子は今の病状も話しておかなければならなかった。

明治四十二年（一九〇九）、繁子は、海軍中将となり男爵となった瓜生外吉と共に軍事教育施設視察のために渡米した。米国との関係を友好的にするための、非公式での訪問である。

瓜生が日露戦争でロシア軍を撃破した時は、アナポリス海軍兵学校時代の同窓生は祝賀会を開いたほどであった。瓜生の快挙は同窓生の自慢でもあった。しかしその後の外交で険悪となった日米関係を緩和するために、海軍兵学校のクラスメートであった上院議員が、米国議会に提議をして瓜生夫妻を招待したというのが実情であった。

瓜生は、アナポリス海軍兵学校に招かれた。メトロポリタン・クラブで行われた「男爵瓜生中将歓迎会」では、ウィリアム・H・タフト大統領が特別に出席して、日本の天皇と日本国民を讃えるスピーチをした。瓜生に期待が集まった。

二人は、ワシントンD.C.やニューヨークなどを訪れ各地で大歓迎を受けた。繁子は、母校であるニューヨーク州のヴァッサー大学の卒業式にも出席し、明治天皇から賜った菊の御紋の入った大きな銀杯を寄贈した。それは千ドルもするみごとな銀杯であった。

繁子は卒業生を前に、日露戦争の時の、多くの支援に感謝の意を述べたあとに、このように挨拶をした。

日本女性もこのたびの戦いで、ただ言われるままに戦争協力をするのでなく
なぜ戦わねばならないのかという認識を持って
組織的に活動する知恵と意識とを自覚したこと
自分の留学当時の母親のように
ただ夫に仕えるための努力がすべてであると考える女性ではない。

またその後で、テーラー学長と外吉と三人で
当時のアメリカの教育制度と日本のそれとを比較して
女子教育の在り方についても
日本のやり方で進んでいることを語り合った。

『瓜生繁子　もう一人の女子留学生』生田澄江著より

繁子と瓜生は、ヴァッサー大学のほとりを流れるハドソン河を散歩した。二十八年前、繁子の卒業式の日、梅子や捨松と共に悠々と流れるハドソン河の川下りをしたことを懐かしく思い出し

た。

あの時は、まさに青春の真っ只中で、希望に燃えていた。ハドソン河を下りながら、捨松が必ず成し遂げようと誓った約束。日本女子のための学校の創設と近代化に向かう日本の女子教育は、みごとに成し遂げられた。あの時と同じように真っ赤な太陽がハドソン河に沈んでいく。

瓜生は、米国の教育を見本として、日本の女子教育の近代化を推し進めた梅子を賞賛した。そしてそれに向かって繁子や捨松が並々ならぬ協力をしたことを讃えた。繁子はあの時の、エネルギーに満ちた日々を懐かしんだ。

そして、瓜生と共にペンシルベニア州のフィラデルフィアのメアリー・モリスを訪ね、「女子英学塾」の報告をした。繁子は、「女子英学塾」の社員として感謝の意を述べた。

二人は、国際的な外交をこなす瓜生男爵夫妻として、連日全米の新聞紙面を賑わせた。瓜生は、記者団のインタビューに対して、このように答えた。

私たちは、対等な英語を話せるパートナーとしてうまくやったと思います。

良いマナーで躾《しつけ》られたヴァッサー大学の卒業生と結婚して良かったです。

私たちは、幸福です。

日本では婦人参政権がまだ認められていない男性優位の社会であったが、瓜生は、妻の内助の功を認め、素直に繁子に対して愛情の意を表したのだ。

この米国訪問は、繁子が日米の架け橋となる瓜生を助ける旅となり、繁子の社会的、国際的な貢献の始まりとなる。

大正三年（一九一四）七月、第一次世界大戦が勃発した。日本は、米国と共にイギリスの連合軍として参戦した。

十一月、夫妻での二度目の訪米となる。瓜生は、海軍大将となり日本政府代表副総裁として、サンフランシスコで開催されたパナマ・太平洋万国博覧会の開会式に繁子と共に出席した。

横浜港から出発の日、繁子の兄の益田孝、渋沢栄一、大隈重信内閣総理大臣夫人や友人たちが盛大に見送った。共に米国で学び国際感覚も身に付けていた瓜生夫妻は、サンフランシスコでも注目を浴びた。帰国までの約一ヶ月間、繁子は米国要人と通訳を介さず堂々と国際問題を論じた。瓜生男爵夫人として日米の政治や文化に欠かせない存在となっていた。梅子は、瓜生と共に米国の公式行事に出席した繁子を誇らしく思った。

翌年の一月、梅子は、沼津にある捨松の別荘で療養した。その頃、「女子英学塾」の社員として名を連ねていた新渡戸稲造により、プロテスタント系米国長老派による「東京女子大学」（現在の東京女子大学）が設立されるという話が梅子の耳に入った。

新渡戸は、英国のエジンバラで開かれたキリスト教の世界宣教大会の決議により、キリスト教精神のもとに、大正七年（一九一八）、「東京女子大学」の学長となった。さらに、「華族女学校」時代に、梅子が自宅で英語を教えていた安井《やすい》てつが学監となった。安井は、梅子が英国訪問の時にケンブリッジ大学に留学しており、帰国後は「女子英学塾」の教師となった。

梅子は、安井を自分の後継者として考えていたため、この残酷ともいえる事実に憔悴《しょうすい》した。しかし、持ち前の明るさを取り戻し、塾長として鎌倉の別荘と東京を往復していた。

五月、米国留学時代からの親友であり、「女子英学塾」の創設に力を注いでくれたアリスの悲報が届いた。六十歳であった。米国を訪れるたびにアリスと交わした会話、日本女子教育を理解し、導いてくれた親友。志を共にしていたアリスの悲しい死に愕然《がくぜん》とした。

梅子は、今までのようなエネルギーが湧いてこず、気持ちばかりが先に走るが行動に至らず、身体はかなり弱っていた。梅子はその年の暮れに三回目の入院となった。


大正八年（一九一九）一月、梅子の身体はすでに限界に来ていた。三回目のこの入院で、梅子は療養を理由に塾長を辞任する申し出をした。梅子辞任の緊急事態がこんなに早く来るとは思いもよらず、「女子英学塾」は、かなり混乱した。早急に梅子の後任を選出すべく、社員の新渡戸稲造邸で、捨松、繁子、元田作之進をはじめ、塾関係者による臨時社員会がとりおこなわれた。

長い会議の後、辻《つじ》マツが選出された。マツは、「女子英学塾」に学び、その後米国と英国に三年間留学して、大正四年（一九一五）、「女子英学塾」の教師となった。教師となってまだ四年足らずであったマツからは、そのような大役は自信がないと、良い返事はもらえなかった。

「女子英学塾」の理事であり、日本の女子教育にこころを注いだ梅子の最大の理解者であった捨松は、梅子の意志を継ぐ後任はマツしかいないと、何度も足を運び、マツの説得にあたった。

捨松の想いに、マツは後任が決まるまでの短い期間を条件に塾長代理を承諾した。安堵した捨松は、その一ヶ月後に過労がたたり、東京で大流行していたスペイン風邪の治療をしていたが、アレルギー体質が原因で他界してしまった。

まだ五十八歳の若さであった。梅子が半世紀にわたり姉と慕い、適切な助言をし、時には大胆な行動で梅子を助けた捨松の死であった。悲しみにくれる梅子の姿に、周りは慰めの言葉すら見つからなかった。

大山邸での捨松の葬儀の日は雨であった。八十人の生徒と教職員が参列した。梅子は、周りが止めるのも聞かず体調不良を押して参列した。降りしきる冷たい雨の中で、打ちひしがれた梅子の嗚咽《おえつ》がいつまでも響き渡った。


八月、梅子は、脳出血を起こし絶対安静となり、四回目の入院となった。妹の余奈子の提案で、梅子の親戚一同で資金をつのり、梅子の今後の療養のために、品川の御殿山に新居を建てていた。

十月に奇跡的に回復した梅子は、完成した御殿山の新居に移った。アナも資金を出しており一室はアナに当てがわれた。しかし梅子は一ヶ月も経たないうちに、五回目の入院となった。

大正九年（一九二〇）四月、アナは藍綬褒章《らんじゅほうしょう》を賜った。「女子英学塾」において女子教育に対する長年の功労と資金援助が讃えられた。アナが赴任して十八年であった。米国人でありながら、日本人のようなこころを持つアナは常に優しく、その姿は常に慈愛に満ちていた。生徒と教職員はアナの献身的な教育に深く感謝の意を述べた。

二月には、「大学令」が発布され、慶應義塾大学、早稲田大学の設立が認可された。「女子英学塾」も「大学令」により大学への準備が始まった。大学設立は梅子の長年の夢でもあった。理事に就任した元田作之進により「女子英学塾資金募集後援会」が設立され、大々的に資金集めが行われた。

大正十一年（一九二二）十二月、第一次世界大戦後の東京郊外の開発が進む中、「北多《きたた》摩《ま》郡《ぐん》小《こ》平《だいら》村《むら》小川《おがわ》字《あざ》鷹野《たかの》街道一九四一～一五二五番地」に二万五千坪の敷地が購入された。体調の良い時に梅子はその土地を訪ねた。武蔵野の雑木林に囲まれ、そばに玉川上水が流れるその風景は、フィラデルフィアのブリンマー大学の風景とどこか似ていた。しかし梅子には、そこで大学としての出発を夢見るエネルギーはもはや残っていなかった。

アナの二十年勤続祝賀謝恩会が開かれた。辻マツは塾長代理として、難しい学校経営に四苦八苦していた時に、多くを語らずに愛情に満ちたアナの姿に救われたと話した。決して目立つことなく生徒たちを想い寄り添い、正しい方へ導いていくアナの姿にマツは感謝の意を述べた。

アナは、創設当時から無報酬で働き、自分の生活は質素でありながら、父親のヘンリー・ハーツホンから相続した莫大な私財から「女子英学塾」に毎年寄付を続けていた。個人的に生徒たちのためにも私財を投じた。そして、生き甲斐のある人生を与えてくれた梅子や生徒たちに対して、アナは、常に感謝していた。アナの優しいほほ笑みは、生徒たちだけではなく教師たちの支えにもなっていた。

「女子英学塾」の思い出として、アナは二十五年前に梅子と訪れた葉山への旅行の思い出を寄稿した。父親を亡くし悲しみに暮れる中で、梅子が私塾に誘ってくれた思い出としてこう書き記している。

私にとって「女子英学塾」の始まりは、
ミス・ツダと私が一緒に行った葉山です。
一八九七年二月の嵐の日の午後で
女子のための学校を計画しているので、それを手伝ってほしいと
ミス・ツダが私に言ったその時なのです。

2　関東大震災とその後

大正十二年（一九二三）九月一日、梅子は、五回目の入院から回復して、御殿山で静養していた。その日、アナは梅子を訪問していた。昼食を取っていた時、すさまじい揺れが突然おそった。二人は揺れる建物の中で身を寄せ合った。関東大震災であった。

多くの建物は無惨に崩れ落ち、関東一帯の被害は、東京、神奈川、埼玉、茨城にまで及んだ。被災者は百九十万人、死者、行方不明者が十万五〇〇〇人、液状化現象による地盤沈下やがけ崩れが発生し、沿岸部には津波が襲った。

翌日、東京一帯は、下町から日本橋周辺にかけて大火災が発生し、あっという間に焼け野原となった。多くの新聞社も全滅した。唯一残った『東京日日新聞』は「電信、電話、瓦斯《ガス》、電車、山手線全部途絶」、「横浜市は全滅、死傷数万」、「非難民餓死に迫る」と報道した。

五番町の千五百坪の敷地に建つ「女子英学塾」の約五百坪の校舎は、さほど損害を被《こうむ》らずに済

んだが、翌日の火事によって地下に保管した重要書類以外はすべて焼け落ち、無残にも焼け野原となった。授業で使う教科書や書籍などもすべて燃えてしまった。

しかし、梅子はさほど慌てる様子もなく冷静を装った。たとえ建物がなくても、その精神がなくならない限り「女子英学塾」は続くと信じていた。

とはいえ、現実を受け止め、関東一帯を襲ったこの震災にどう立ち向かっていくべきか。塾長を辞任した梅子には、行動を奮い起こすエネルギーは失われていた。塾長代理の辻マツにすべての采配を任せた。梅子は、倒壊をまぬがれた御殿山の家の庭にある木の下の長椅子に座り、編み物や読書をして、不安な思いにこころを向かわせまいとした。

アナも、同じように平静を装い梅子の横に座り、風向きが変わって高台の下の工場から火の粉が飛んでこないかと恐れながらも、梅子を見守りそばを離れなかった。

しかし、このままでは「女子英学塾」も絶えてしまうと思ったアナは、塾を救うべく支援を求めるための渡米を決心する。

アナは、九月二十八日に横浜港へ向かった。緊急事態のため、外国人難民という形で米国に向けて慌ただしく出航したのであった。アナは六十三歳であった。「女子英学塾」の生徒や教職員はアナを見送った。

アナは、サンフランシスコに着くと、米国で支援活動の始めとして、梅子の実妹の安孫子余奈子《あびこ》のもとに行く。余奈子は、明治四十二年（一九〇九）、安孫子久太郎《きゅうたろう》と日本で結婚式を挙げ渡米した。夫の安孫子は二十歳のとき、サンフランシスコ福音会の援助で渡米して、カリフォルニア大学で学んだ。その後渡米した青年たちの援助をするために、起業家として活躍する。サンフランシスコで「日米新聞社」を営んでいた。
余奈子は、「女子英学塾」の卒業生でアナの教え子でもあった。夫の仕事を手伝い、子育てをしながら日系移民のために働いていたが、この事態に涙し全面協力を約束した。

「ヨナコ。大変な事態が起きました。
すべての校舎は焼け落ち
東京一帯は焼け野原となりました。
このままでは、『女子英学塾』はなくなってしまいます。
ぜひ力を貸してください。『女子英学塾』を助けてください。
ミス・ツダは何も言いませんが
その気持ちは充分理解できます」

「ミス・アナ、大変なことになりましたね。
こちらでもかなりの情報が来ています。
お姉さまを思うと涙がとまりません。
必ず再建のために動きましょう」

二人は抱き合いながら涙ながらに固い約束を交わした。アナと余奈子は、すぐに「女子英学塾」設立のための資金支援として設立されていた「フィラデルフィア委員会」を訪ねるため、ペンシルベニア州のフィラデルフィアへ向かった。

委員会を設立したメアリー・モリスはすでに他界していたが、メアリーの夫ウィスター・モリスの従兄弟ローランド・モリスの夫人に引き継がれていた。すぐに「女子英学塾」再建のための「フィラデルフィア臨時救済委員会」が発足した。

梅子の親友であり、ブリンマー大学で生物学の助手をしていたリー・コブは、夫のアルバ・ジョーンズを説得して委員長を引き受けさせた。副委員長はローランド・モリスが務めた。モリス夫人も委員会に加わった。ローランドは弁護士であったが、実業家としても活躍していた。駐日米国大使となり「女子英学塾」で卒業記念講演も行っていた。「女子英学塾」で学んだ多くの女子が、社会に出て活躍していることを知るローランドは、この惨事に心を痛めた。

ローランドはこのような声明を発表した。

日本女性の教育と人格発展のために

「女子英学塾」がしてきた仕事の有効性を誇張することは難しい。
この塾は西洋と東洋の最高の思想を結び付け協調するために
重要な役割を果たしてきたのであり、
これ以上の重要な使命はない。
国際関係に関心のある米国人は

ミス・ツダと彼女の同僚の訴えに寛大に応えると、私は信じる。

ニューヨークにも支部が立ち上がった。委員長には余奈子の知り合いで富豪の親日家、フランク・ダンダリップ夫人が就任した。ボストン支部も立ち上がり、親日家で芸術家のグレース・ニコルが就任した。

さっそく寄付金集めが始まった。アナと余奈子は救済委員会の主旨を説明し、委員に加わってくれる人を探し、リストに名前を掲載してもらうことから始めた。梅子の経歴や、塾の歴史を掲載したパンフレットが大量に作成された。そこには、ペンシルベニア大学哲学科卒業の元田作之進博士、国際連盟事務局次長の新渡戸稲造、日本ＹＷＣＡ事務局長の河井道をはじめとする日本の理事たちの名前が掲げられた。

支部ごとに工夫が凝らされ、日本の地図や震災後の写真なども掲載された。寄付金の目標額には、焼け落ちた五番町の校舎が手狭になり、新しく小平に購入した約八万平米の土地に新校舎を建てるための五十万ドルの見積もりが掲げられた。

ニューヨーク支部の委員長であるダンダリップ夫人は、二千人の園遊会を開催した。そのチラシは、なんと前日に飛行機からばら撒かれたのであった。米国に留学していた「女子英学塾」の生徒が人力車に乗り、五番街をパレードした。騎馬警官が出動する事態となり、この救済運動は、一夜にして有名になった。

世界的に有名なオペラ歌手、三浦環《みうらたまき》が歌を披露した。繁子の教え子でもある環は、フィラデルフィアにおいても救済リサイタルを開いた。日本の「女子英学塾」を紹介するために、日本の舞台公演も開催した。講演会、集会なども行われた。シカゴ、ワシントンD.C.などの著名な実業家や教育者にも会いに行き、アナと余奈子は米国東海岸をまさに東奔西走した。

ロックフェラー財団は、「女子英学塾」で十万ドルを集めたら同じ十万ドルを寄付するというマッチング・ドネーションで多額の寄付の提案をした。カーネギー財団や梅子の母校ブリンマー大学、捨松と繁子の母校ヴァッサー大学からも寄付金が集まった。

梅子は、アナや余奈子の献身的な行動に感謝をするものの、五十万ドルというかつてない巨額な資金集めは不可能であると感じていた。小平への移転をしなくとも、現在の五番町の敷地と校舎で充分であると思っていた。

「女子英学塾」は小さな校舎から始まっていた。志があれば校舎の大きさなど問題ではないという信念があったからである。梅子はアナに、すぐに帰国するように何度も手紙を書いた。しかしアナは覚悟を決めていた。

梅子に対してこのような返事を送った。

この仕事が終わるまではここを離れて日本へ帰ることなど考えても無駄なことです。

1924.7.11

このような仕事は誰かが現場にいて
常にダイナマイトを投入し続けなければ前へ進みません。
皆さんとても、驚くほど親切で、訴えに応えて下さいますが、
これは手を緩められない、坂を引っぱり上げていくような仕事です。
ですから、最初から分かっていたことですが、
生涯の仕事として関わりをもつ私たちのひとりでなければ、
力の全てを注ぐこともできませんし、注がないでしょう。
だから私が来たのです。
五〇万ドル集められるまで、でなければオレンジを最後の一滴まで絞りつくし、
もう これ以上集めるのは無理だと分かるまで
私はアメリカにいなければなりません。

『津田梅子　人と思想116』古木宜志子著より

大正十三年（一九二四）三月、余奈子は、サンフランシスコに戻った。三ヶ月のつもりがアナと共に半年の間奔走した。そして、地元の有名な弁護士のジョン・メリル夫人を委員長としたサンフランシスコ支部を立ち上げた。

多くの講演を企画して寄付を集めた。夫の安孫子久太郎は「日米新聞社」を営み、カリフォルニア州において、日本人移民問題と日本人排斥問題の解決に心を注いでいた。

米国の新しい移民法に対して有効である日米関係をカリフォルニア州から築きたいという安孫子の意識が、「女子英学塾」の救済運動を加速させた。安孫子は、日本と米国の関係改善のために尽くすことを自らの務めとしていた。

「女子英学塾」で講演をしたことのあるカリフォルニア州のスタンフォード大学のデビッド・ジョーダン学長はこの救済運動を推奨した。ジョーダン学長は、日本人移民排斥に反対を唱えたひとりである。この事実は、梅子を驚かせた。

やがて、アナ、余奈子と安孫子の身を粉にした活動により、三年間で五十万ドルの復興資金の目途がついた。

一方「女子英学塾」では、塾長代理である辻マツの市ヶ谷の自宅に本部を置き、教職員たちが粉骨砕身していた。震災から一ヶ月後に、近くの「女子学院」(現在の女子学院中学校・高等学校)の一部を借りて、授業を再開した。

翌年に、政府の貸付金も始まり、国の地震災害支援金借入金で校舎の建て替えが着手された。校舎のための木材が米国から政府に寄贈されてきた。木材は「女子英学塾」にも運び込まれ、焼け跡の五番町では仮校舎の建設が着手された。夏休みが終わり、小さいながら仮校舎が完成し、ほとんどの生徒が戻ってきた。

大正十四年(一九二五)三月、六年間塾長代理を務めた辻マツは辞任し、星野あいが塾長代理に就任した。震災の困難な時代に役割を果たし、復興の目処もつき、マツは明るい笑顔で辞任の挨拶をした。

あいは、「女子英学塾」を卒業した後に、メアリー・モリスの支援で梅子が始めた「日本婦人米国奨学金制度」の四回目の留学生であった。米国の留学後、療養中の梅子の勧めで「コロンビア大学」に一年間の留学後帰国した。

あいは、鎌倉で療養していた梅子のもとに駆けつけ、病床で帰国の報告をした。梅子は枕もとの小さな紙きれをあいに渡した。そこには、「小平に移転しなくとも、五番町で小さく存続しても良い」と書かれてあった。梅子にとって、莫大な資金のかかる小平への移転は考えられなかったのである。校舎の大きさより、「女子英学塾」の堅実な復活を梅子は望んでいた。

しかし、その年の「女子英学塾」の受験生は例年の倍近い三百名を超えていた。震災により職業婦人の必要性が求められ、女子教育は機運に乗ったのである。

大正十五年（一九二六）十一月、復興募金に三年間東奔西走していたアナは、五十万ドルの資金の見通しがつき日本に帰国した。

鎌倉で静養していた梅子のもとに出向いたアナは、寄付金の報告をした。梅子は、床から起きられない状態であったが、アナを見てほほ笑んだ。アナは、梅子の手を取った。梅子は、弱々しい力でアナの手を精いっぱい握りしめて涙を流した。言葉を交わすことなど必要ないほど、長い歳月に育まれた二人の信頼関係である。

米国でのアナの並々ならぬ努力に、梅子の「有難う、有難う」の言葉が続いた。この困難を乗り切れたことで、梅子の顔色は少しずつ良くなったと、まわりにいた誰もが感じた。

「女子英学塾」では、アナへの感謝を込めて謝恩会が開かれた。教師も生徒も揃ってアナの米国での活躍を讃え、感謝の意を述べた。

昭和三年（一九二八）十一月、年号が変わり御即位礼《ごそくいれい》に際して梅子は、勲五等瑞宝章《くんごとうずいほうしょう》を賜った。叙勲祝賀会がとりおこなわれたが出席することはできなかった。梅子は「それは自分が受け取るべきものではない」と言い、早く塾長名義を後継者に渡したいとも話した。

同月、繁子が他界した。アリス、捨松もすでに他界しており、最後の親友も亡くなり、ひとりになった梅子は、寂しさもひとしおであった。

翌年の五月、東京の西側、玉川上水が流れる小平に購入してあった二万五千坪の土地に、新校舎建設が始まった。アナによって始まった復興募金はその後も続き、その額が百三十万ドルに達したためである。

梅子は、体調の良い時には車でその地を訪れた。玉川上水に架かる小平の久右衛門橋《きゅうえもんばし》の近くに車を停めた。そして、最初に防風林を植え付けている様子を見て、「小平新校舎の門だけでも先に見たい」などと話したのだった。

七月、梅子は、関東大震災で倒壊してそのままになっていた鎌倉の別荘を新築して移り住んだ。

家族・親族相関図

1900～1928年

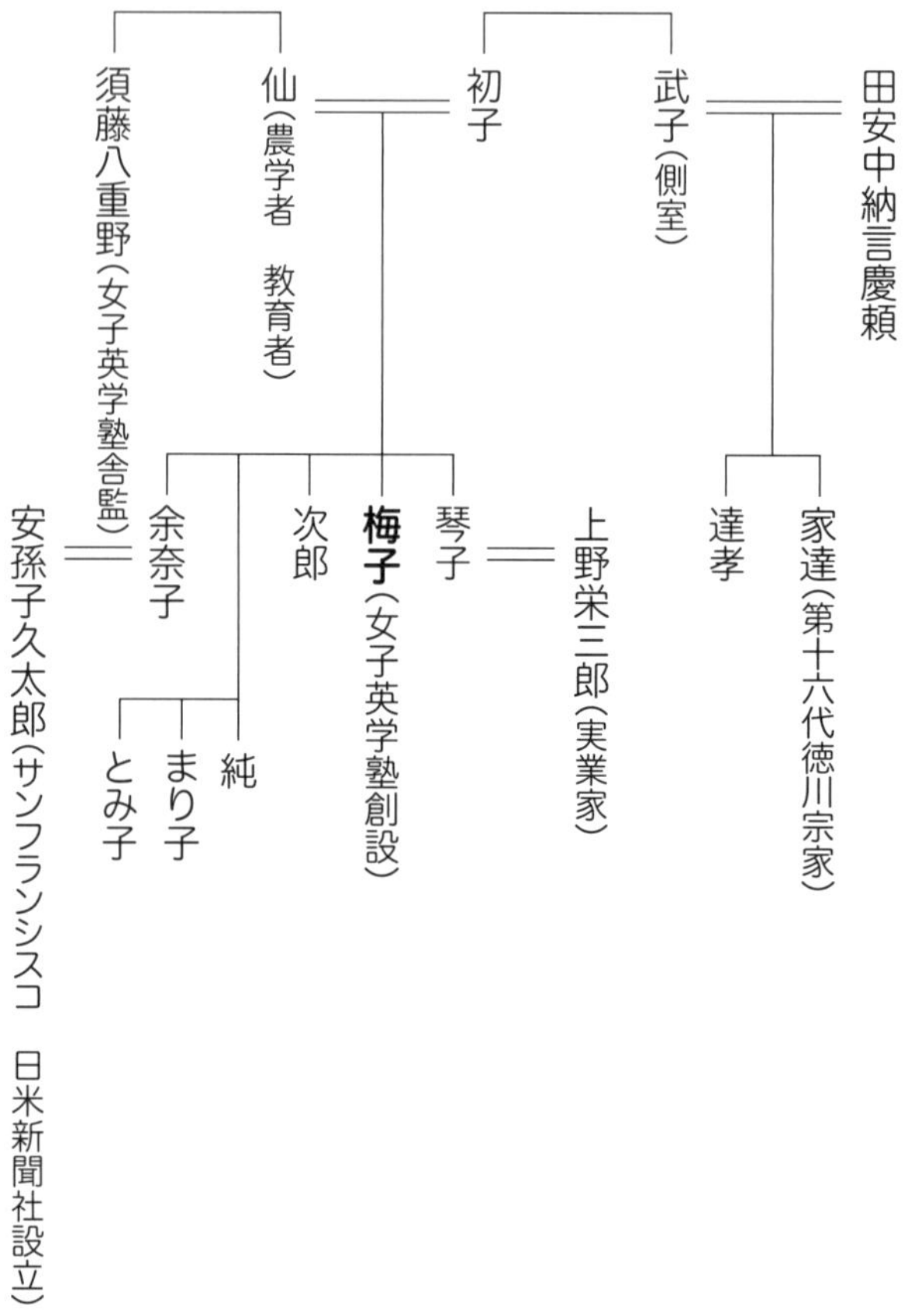

夫婦
親族
友人・知人

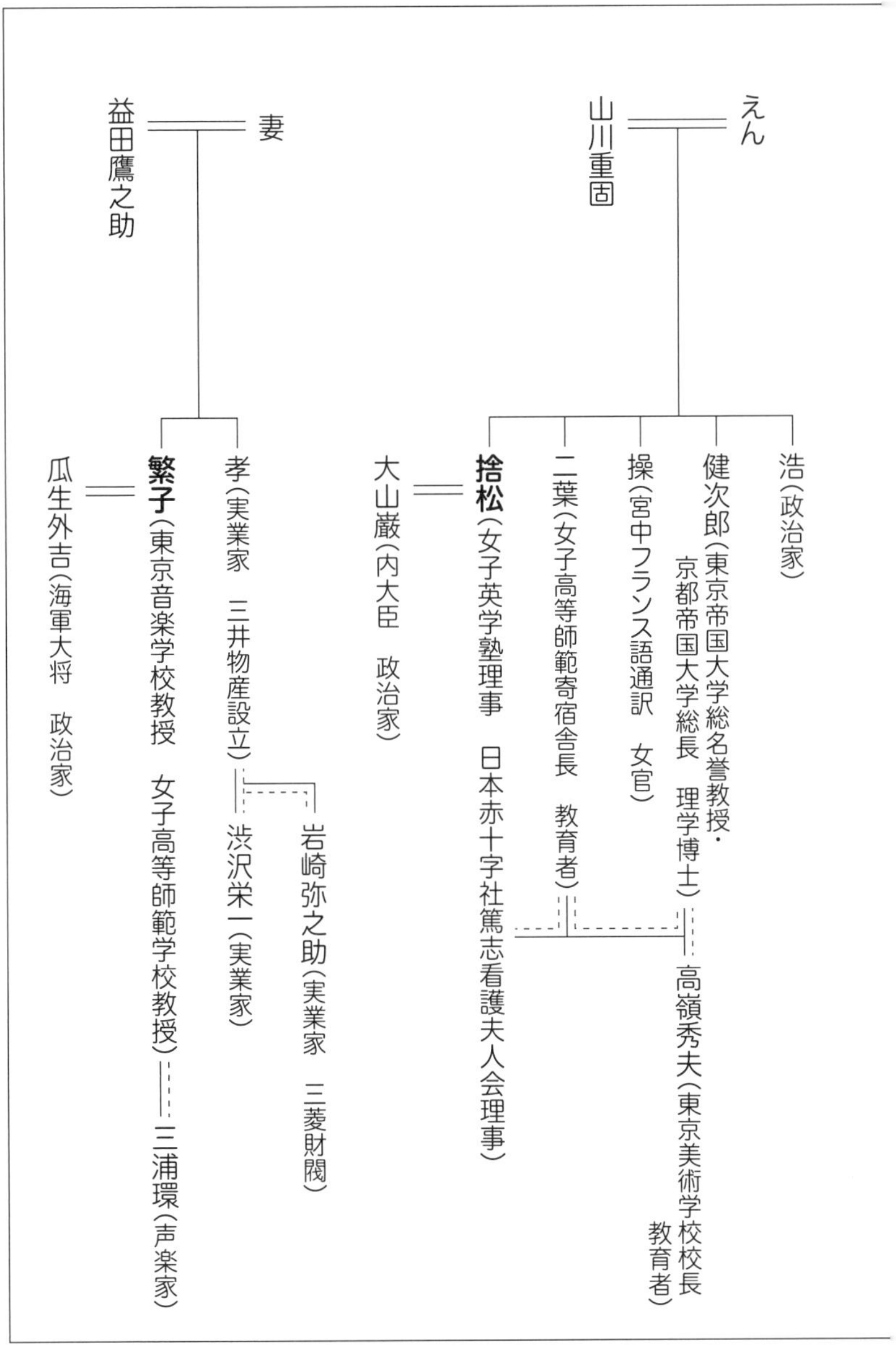
えん
山川重固
浩（政治家）
健次郎（東京帝国大学総名誉教授・京都帝国大学総長　理学博士）
操（宮中フランス語通訳　女官）
二葉（女子高等師範寄宿舎長　教育者）
高嶺秀夫（東京美術学校校長　教育者）
捨松（女子英学塾理事　日本赤十字社篤志看護夫人会理事）
大山巌（内大臣　政治家）
妻
益田鷹之助
孝（実業家　三井物産設立）
岩崎弥之助（実業家　三菱財閥）
渋沢栄一（実業家）
繁子（東京音楽学校教授　女子高等師範学校教授）
三浦環（声楽家）
瓜生外吉（海軍大将　政治家）

女子英学塾相関図 1900〜1928年

＝ 夫婦・親子
— 友人・関係者

梅子

- — **大山捨松**（女子英学塾理事）
- — アリス・ベーコン（女子英学塾　教師）＝【養女】＝ 一柳満喜子（近江兄弟社学園創設・教育者）
- — メアリー・モリス（フィラデルフィア委員会会長会長　資産家）
- — アナ・ハーツホン（女子英学塾教師）
- — エリザベス・フイリップ・ヒューズ（女子英学塾教師）
- — キャロライン・マグドナルド（女子英学塾教師　世界キリスト教女子青年会）
- — ヘンリー・ウッズ夫妻（慈善家）
- — 鈴木歌子（女子英学塾英語教師）
- ＝ 渡辺政子（女子英学塾教師）【従姉妹】＝【娘】＝ 渡辺光子（女子英学塾教師）
- ＝ 須藤八重野（女子英学塾舎監）【叔母】
- — 新渡戸稲造（女子英学塾社員）

関東大震災女子英学塾支援

- 元田作之進（女子英学塾社員　立教専修学校校長・立教大学初代学長・日本聖公会監督主教）
- 桜井彦一郎（女子英学塾社員　文筆家）
- 巌本善治（女子英学塾社員　文筆家）
- 阿波松之助（女子英学塾社員　慈善家）
- 上野栄三郎（女子英学塾社員　実業家）　義兄
- **瓜生繁子**（女子英学塾社員）
  - 三浦環（声楽家）
- 辻マツ（女子英学塾塾長代理）
- 星野あい（女子英学塾塾長代理）
- ルドルフ・トイスラー（聖路加病院院長　主治医）
- 安孫子余奈子（サンフランシスコ）　妹
  ＝ 安孫子久太郎（サンフランシスコ　日米新聞社設立）
- ローランド・モリス（弁護士　米国大使）
- デビッド・ジョーダン（スタンフォード大学学長）
- リー・コブ（元ブリンマー大学生物学助手）
  ＝ アルバ・ジョーンズ（実業家）

エピローグ

昭和四年（一九二九）八月十六日、発病から長い間闘病生活を送った梅子は、鎌倉の別荘で永遠の眠りについた。享年六十五歳である。実質的に塾長の職を去ってから、約十年の月日が流れていた。

梅子の最後の日記は

「Storm last night」昨夜は嵐

その後に、何を書きたかったのだろうか。

たったこの一行であった。あまりにもあっけない、しかし安らかな死であった。

梅子の葬儀は、昭和四年（一九二九）八月二十日の午前八時から五番町の「女子英学塾」の仮校舎で、キリスト教式でとりおこなわれた。祭壇の両脇は、たくさんの花輪で埋め尽くされた。千人の会葬者が訪れた。聖書の朗読の後、梅子の履歴が読みあげられ、その後に聖歌が歌われた。最初に三十分もの長い弔辞《ちょうじ》を読んだのは、塾の伯父として慕われていた新渡戸稲造であった。新渡戸は梅子の親友として、その教育に対する揺るぎない精神と多くの功績を讃えた。

新渡戸は明治三十三年（一九〇〇）、「女子英学塾」設立から、梅子が没するまで二十九年間にわたり、梅子を支え続けたのであった。新渡戸の講演は、昭和二年（一九二七）までの二十六年の長きに及んだ。

梅子の遺書には、遺品の分配について、学校関係者から友人や親戚に至るまで、細かく書き記されていた。塾に恩給制度がなかったことを梅子は気にかけており、その後に恩給制度が発足した。また「遺骨を小平の地の片隅に埋葬してほしい」と書かれてあった。

昭和七年（一九三二）五月二十一日、竣工《しゅんこう》から三年経ち小平新校舎の落成式がとりおこなわれた。新校舎は早稲田大学の大隈講堂を設計した佐藤功一《さとうこういち》の作品であった。

その建物は、西洋風建築で、華麗で美しく、女子学校にふさわしく、気品溢れるものであった。アナの功績を讃えて、本館は「ハーツホン・ホール」と名付けられた。

武蔵野の雑木林に囲まれた「女子英学塾」は、フィラデルフィア郊外の自然に恵まれたブリンマー大学を思わせる。小さなチャペルを備え、別棟の教員宿舎には、夕食後に生徒と教師の会話

1932年、梅子没後に小平キャンパス落成式がとりおこなわれた。佐藤功一のデザインによる本館は、ハーツホン・ホールと名付けられた。(「ハーツホン・ホール」／津田塾大学津田梅子資料室所蔵)

が弾む暖炉のあるサロンが備えられた。多くの芝生と、様々な木々や草花が植えられて季節ごとに美しい。英国から輸入したという大きくてハイカラな車は、日本最初のスクールバスとして、国分寺《こくぶんじ》駅から小平新校舎まで生徒を送迎した。

梅子の希望通りに小平の敷地内に墓所の許可が下り、十月八日、墓地改装式が行われた。敷地の北東の隅に墓地が整えられた。その近くには梅園が造られ、梅の季節には良い香りが漂う。

昭和八年（一九三三）七月五日、財団法人「津田英学塾」と改名し、梅子を永久に記念することとなった。

昭和十五年（一九四〇）十一月、「津田英学塾」創立四十周年記念祝賀会が行われた。在籍二十年以上の教職員の表彰があった。アナは八十歳となっていた。教職員を代表して挨拶をした。

私たちの本当の記念すべき日は、幼い少女が日本から米国へと出発した六九年前の一二月のある一日ではないかと。その小さい少女の生涯は日本の女性への奉仕のために与えられ、そして送られたのです。彼女の力はなえてしまいましたが、その使命は終わりませんでした。ミシズ・ツジやミス・ホシノを指導者として、皆さん方同窓生を支持者として、その小さな少女が捧げた仕事は、皆さんによって引き継がれ、さらに続いて行きます。……

『津田梅子とアナ・C・ハーツホン』亀田帛子著より

そしてアナは半年後には日本に戻るつもりで渡米した。しかしその前年には第二次世界大戦が勃発《ぼっぱつ》しており、日米関係は緊張を増し、アナの帰国は許されなかった。その後アナは、一九五七年にフィラデルフィア郊外の心地よい庭付きのナーシングホームで永眠した。九十八歳であった。

「津田塾大学」として開校したのは、梅子没後十九年目の昭和二十三年（一九四八）のことである。現在の津田塾大学でカレッジ・ソングとして歌い継がれている「アルマ・マータ」の歌詞は、アナ・ハーツホンが女子英学塾の女子学生たちのために作詞したものであるが、その原詩はシェイクスピアと同時代の劇作家で詩人のベン・ジョンソンによって、原詩のアーリーモダンイングリッシュ（初期近代英語）で書かれたものである。

アルマ・マータ　　イギリス民謡

作詞　アナ・ハーツホン　日本語訳　村上健《たけし》（津田塾大学名誉教授）

豊穣《ほうぜう》の母《はは》　我《わ》が母校《ぼかう》　御名《みな》を讃《たた》へむ　歌声《こゑ》あはせ
知識《らしき》の扉《とびら》　眼前《がんぜん》に　開《ひら》き給《たま》ひし　その御名《みな》を
母《はは》よ　光明《ひかり》に　顔《かほ》を向《む》け　進《すす》むべき道《みち》　指《さ》し示《しめ》せ
偉人《ゐじん》　賢人《けんじん》　真理《まこと》の人《ひと》の　踏《ふ》み固《かた》め来《き》し　その道《みち》を
山稜《さんりよう》険《けは》しく　高《たか》くとも　荒涼《くわうりやう》の小径《こみち》　続《つづ》くとも
艱難《かんなん》の日々《ひび》は　安息《あんそく》と　強《つよ》き心身《からだ》を　育《はぐく》みぬ
されば　母校《ぼかう》よ　愛《いと》しき母《はは》よ　我等《われら》は巣立《すだ》ち　別《わか》るとも
沸《わ》き返《かへ》らせよ　我《わ》が胸《むね》に　誇《ほこ》りと忠節《ちゆうせつ》　永遠《とこしへ》に

アナの作詞は、学問への扉を開き、新たな道を示してくれた「母校」を讃えている。

母校を出てからが、母校で学んだすべてが花開くこと。
学問を学ぶ過程にも、多くの教えがあり
それが母校を出てから、一人ひとりのこころに宿り
やがて社会への貢献となり大きく花開く。

母校を出た後に何も残らない教育は意味がない。

梅子が常に語っていた精神が、この歌に込められている。

Alma Mater

O, Alma Mater, Mother dear
With songs thy name we greet,
Who dost the Gate of Knowledge here
Set open for our feet.

Thou turn'st our faces to the light,
Thou pointest us the way,
The great of old, the wise and true
Have trodden in their day.

What though the hills be steep and high,
The path be rough and long,
From toilsome days comes rest more sweet,
And heart and hand more strong.

Then, Alma Mater, Mother dear,
Though parted far we be,
Thy name shall still our bosoms thrill
With pride and loyalty.

Tsuda University official web magazine plum garden
津田塾探訪 #7　カレッジ・ソング 'Alma Mater' より

津田梅子は近代化が進む中、その生涯を日本女子教育に捧げた。（「津田梅子　女子英学塾　開校当時の肖像」／津田塾大学津田梅子資料室所蔵）

あとがき

東京の郊外、西国分寺駅から府中街道を北へ、玉川上水を越えた辺りに、高い木々に囲まれて津田塾大学があります。正面玄関を入ると、ハーツホン・ホールと名付けられた本館が現れます。その校舎は女性らしく、温かみがあります。

職業婦人を提唱した梅子が、常に生徒たちに伝えていた偏らない生き方を反映させるものであると感じます。

1900年女子英学塾開校、４人のハドソン河の約束は果たされた。左から津田梅子、アリス・ベーコン、瓜生繁子、大山捨松。梅子36歳頃。(「津田梅子と開校当時の協力者たち」／津田塾大学津田梅子資料室所蔵)

明治時代に津田梅子は、過激に女性解放を叫ぶのではなく、男性と最高のパートナーとなる生き方を求めました。これは当時の米国東海岸に根付いたキリスト教の影響もあるのではないかと思います。

近代化に向かう中で、女子教育の強いリーダーシップをとった梅子。強いリーダーシップとは何か。それは、梅子の生き方を見ると、決して武器や権力を振りかざすことなく、相手の立場に立って物事を見ていくこと、寄り添うことに徹することだと思います。

梅子の精神は幼少期を過ごした米国東海岸で培われ、日本の女子教育を目指し、妥協のない学校を創り上げます。それは同じ時期に留学生活を共にした三人の親友の力がありました。

留学生のひとりである会津藩の大山捨松（旧姓山川）の、自らの誇りを失わず、しかし夫である陸軍大将の大山巌を支えた生き方の潔さ。

三井物産と日本経済新聞創設者の益田孝を兄に持つ瓜生繁子（旧姓永井）の、海軍軍人の妻として、五人の子どもを育てながらも、二つの学校の教授として十年以上を勤め上げたみごとさ。

両親を失い、孤独の中にも父親レオナルド・ベーコンの志を継いで米国の異文化の中での教育に平等を捧げたアリス・ベーコンのグローバルな生き方。

梅子の、焦らず時を待つ冷静さと持ち前の情熱。その準備を怠らない気丈さ。捨松、繁子、アリスとの友情は固く深く、常に前向きであり、すべてが日本女性のための貢献に結び付いていました。

「all-round women」（完《まった》き女性）

梅子が求めてきた、女性の生き方を示唆《しさ》するバランスのとれた教育、偏らない生き方は、今も色褪せることなく生き続けていると信じます。

梅子は、個人の中にある個性を大切にしました。それゆえに少人数制にこだわり、個人のレベルに合わせて伸ばす教育を目指しました。そして、それは学業だけにとどまりませんでした。多くの知識を得ることで、世界が広がることを示しました。

日本の美しい文化と、日本女性の根底にある伝統を尊ぶことを教えました。目立たず、相手に寄り添い、自分に厳しくあることで、新しい女性の道が花開くと教えました。

二十一世紀において、女子教育は様々な形に変化してきました。ほとんどの大学では平等に男女が学べます。職業においても多くの分野に女性が進出しています。もはや家事や育児の分野まででも、男女の区別はありません。

男らしさ、女らしさの定義は取り払われ、人間としての自由な生き方が求められています。「性の違い」より、個人の意思による自由な生き方が賞賛されています。

それはいつの時代も変わらない生き方の基本であると思います。

日本とは全く異なる欧米文化の中で、八歳で洗礼を受けた梅子の覚悟は、どこから来たのか。これが私が抱いた最初の疑問でした。

欧米の女子教育の歴史や、プロテスタント系キリスト教の多くの宗派の流れ、日本と米国の文化交流などに関しての資料も読みました。

佐倉藩の武士であった父親の津田仙と、御殿女中として務めた母親の初子の間に生まれた梅子は、渡米するまでの六年と十一ヶ月の間、両親の深い愛情を受け、日本古来の躾により、こころの奥深くには武士の精神が根を張っていたと思います。

梅子は、近代化女子教育のパイオニアとして常に揺るぎない精神を持ち突き進んでいます。そしてその根底には、日本の女子に向けられた深い愛情がありました。

揺るぎない精神は、梅子の生涯に通る一本の筋であり、その筋は、大きなベールへと広がって「女子英学塾」の生徒を包んでいきます。

昭和四年（一九二九）梅子はこの世を去ります。梅子の没後九十二年が経ちますが、梅子の生き方は、少しも古さを感じない、むしろこれからの時代の新しい生き方にさえ思えます。


明治の歴史を紐解くうちに、津田梅子の存在を知りました。六年前からＦａｃｅｂｏｏｋで連載として掲載してきました。いつかこれが本になって、津田梅子の生き方の素晴らしさを多くの方に伝えることができたらと思いました。

しかし、小説として書き始めるとなかなか思うようにまとまらず、文才のなさに何度も悩みましたが、多くの方からたくさんの励ましの言葉や助言を頂き、書きあげることができました。深く御礼申し上げます。

また、この小説を書くにあたって、一年がかりで、根気強く、すべてを一から御指導してくださいました放送作家であり東京作家大学教務の田中格《たなかいたる》先生をはじめ、新潮社図書編集室の川上浩永様にも多くの助言や提案を頂きました。ここに謹んで御礼と感謝を申し上げます。

二〇二一年九月　こだまひろこ

参考文献

『津田梅子』吉川利一　中央公論社　一九九〇年（初版は昭和五年二月に婦女新聞社から出版され、昭和三十一年十一月に津田塾同窓会から改訂増補版が出版されている）
『津田梅子文書　改訂版』津田塾大学編　津田塾大学　一九八四年
『津田梅子』山崎孝子　吉川弘文館　一九六二年
『津田梅子を支えた人びと』飯野正子　高橋裕子　亀田帛子　有斐閣　二〇〇〇年
『津田梅子の社会史』高橋裕子　玉川大学出版部　二〇〇二年
『津田梅子』大庭みな子　朝日新聞出版　二〇一九年
『津田梅子　人と思想116』古木宜志子　清水書院　一九九二年
『津田梅子　ひとりの名教師の軌跡』亀田帛子　双文社出版　二〇〇五年
『津田梅子とアナ・C・ハーツホン』亀田帛子　双文社出版　二〇〇五年
『津田塾九十年史』津田塾大学　一九九〇年
『鹿鳴館の貴婦人　大山捨松』久野明子　中央公論社　一九八八年
『瓜生繁子　もう一人の女子留学生』生田澄江　文藝春秋企画出版部　二〇〇九年
『明治の女子留学生　最初に海を渡った五人の少女』寺沢龍　平凡社　二〇〇九年
『華族女学校教師の見た明治日本の内側』アリス・ベーコン　久野明子訳　中央公論社　一九九四年
『幕末・明治に生きた会津の女性』会津武家屋敷文化財管理室編　一九八九年
『明治日本の女たち』アリス・ベーコン　矢口祐人・砂田恵理加訳　みすず書房　二〇〇三年
『勝海舟の嫁　クララの明治日記　上』クララ・ホイットニー　一又民子・高野フミ・岩原明子・

小林ひろみ訳　中央公論社　一九九六年
『クララ・ホイットニーが綴った明治の日々』佐野真由子　臨川書店　二〇一九年
『天使のピアノ　石井筆子の生涯』眞杉章　ネット武蔵野　二〇〇〇年
『日本聖公会　村井米太郎』東方書院　一九三七年
『日本キリスト教史』五野井隆史　吉川弘文館　一九九〇年
『武士道』新渡戸稲造　夏川賀央現代日本語訳　致知出版　二〇一二年
『高校生が読んでいる「武士道」』大森惠子抄訳・解説　角川書店　二〇一一年
『岩倉使節団　明治維新のなかの米欧』田中彰　講談社　一九七七年
『明治維新と西洋文明　岩倉使節団は何を見たか』田中彰　岩波書店　二〇〇三年
『歴史ドキュメント小説　暗殺』杉森久英　光文社　一九八九年
『明治の若き群像　森有礼旧蔵アルバム』犬塚孝明　石黒敬章　平凡社　二〇〇六年
『ロングフェロー日本滞在記　明治初年、アメリカ青年の見たニッポン』C・ロングフェロー
山田久美子訳　平凡社　二〇〇三年
『日本近現代を読む　大日方純夫　山田朗　山田敬男　吉田裕』宮地正人監修　新日本出版社
二〇一〇年
『児玉源太郎の非凡の大局観から見た崇高な未来像』木立順一　イースト株式会社　二〇一三年
『宇宙時代の子育て　母さん佳く愛して　セルアファのすすめ』保坂淳江　ほさか英語教室　二〇一四年

研究報告

南北戦争後の南部農業とアメリカ資本主義　第一次大戦以前における黒人労働力の移動を中心に　黒川勝利　東京大学大学院　研究ノート　一九七五年

日米交流黎明期に関する調査報告　小野文子　信州大学教育学部研究論集　第十二号　二〇一八年

両性関係からみる近代天皇制と国民国家の分析　早川紀代　早稲田大学博士論文　二〇〇五年

十九世紀米国の教師教育における女性教師のジレンマ　―教職の女性化と専門職化の史的展開―　佐久間亜紀　東京大学博士論文　二〇一四年

直観教授の意義と方法―コメニウス・ペスタロッチーからディルタイへ―　田中潤一　佛教大学教育学部学会紀要　第十号　二〇一一年

小原國芳からペスタロッチへ　その2　為すことによって学ぶ　坪田庸子　弘前学院大学・弘前学院短期大学紀要　第二十一号　一九八五年

石井筆子と1898（明治三十一）年万国婦人倶楽部大会　津曲裕次　高知女子大学紀要　第四十九号　二〇〇〇年

十九世紀イングランドにおける女子中等教員養成　―ケンブリッジ・トレーニング・カレッジ創設の背景と経緯―　中城みどり　日本の教育史学・教育史学会紀要　第四十巻　一九九七年

明治期における津田仙の啓蒙活動　欧米農業の普及とキリスト教の役割　並松信久　京都産業大学論集社会科学系列　第三十号　二〇一三年

明治初期女子留学生の生涯　―山川捨松の場合―　秋山ひさ　神戸女学院大学論集　第三十一巻　一九八五年

すべての始まりは築地から　ユニオン・チャーチ・イン・ツキジ　東京ユニオン・チャーチ会員　村上伊作　築地居留地④　NPO法人築地居留地研究会　二〇一一年
築地の開設された教会と学校　明石町資料室長　清水正雄　築地居留地①　NPO法人築地居留地研究会　二〇〇〇年
人格と人格の触れ合いによる異文化受容のDNA　NPO法人築地居留地研究会　村上伊作　第十回外国人居留地研究会　全国大会in神戸　二〇一七年
日本基督改革派教会史　途上にある教会　付録（年表・統計）　日本基督改革派教会　歴史資料編纂委員会　一九九六年

梅子の7つの習慣

梅子の人生に学び、あなた自身の人生を振り返り、
さらに「こうありたい」自分を言葉にして綴ってみましょう。

A Amazing Life

Have a Amazing Life

素晴らしい人生を送る

7歳で米国ワシントンD.C.に着いた梅子は日本公使館の書記官のチャールズ・ランマン夫妻宅をホームステイ先とします。
ランマンは文筆家で画家でした。自然を大切に生きるランマンから自然に親しみ、感性を磨き、深い考え方を学びます。

私の輝く人生 ……………………………………………………………………

(　　　)歳 ______________________________

(　　　)歳 ______________________________

(　　　)歳 ______________________________

B　*Basics*

The Basics are Everything

基本がすべて

米国に行く前に美子皇后と謁見して、心構えを賜ります。
米国で学んだことを生かし、理想の学校を創ることを決めます。
米国の進んだ女子教育と日本の古くからある優れた伝統を取り入れました。

私の基本……………………………………………………………………

C　*Cash*

Cash is carried by people

キャッシュは人によって運ばれる

自分の信念を貫く学校を創るために、梅子は米国の資産家夫人のメアリー・モリスに支援を求めました。メアリーが委員長となり学校設立のための支援の委員会が発足します。多くの寄付金により学校の創設が実現します。

私のキャッシュフロー……………………………………………………

D Diamond

Diamond Strength and Brilliance

ダイヤモンドの強さと輝き

梅子の固い信念は、多くの困難をのりこえます。それはやがて光り輝きその後も失せることなくその精神は受け継がれていきます。

わたしの強さと輝き ……………………………………………………………………………

強さ

輝き

E Eat

Eating is living

食べることは生きること

学校創設後に多忙で病に伏せてしまう梅子は、何度も危機をのりこえて発病から10年間生きます。食べ物や日常生活に注意しながら過ごします。
生物学を得意とした梅子は、優等生な患者でした。

食の習慣 ……………………………………………………………………………

F　*Friendship connection*

Thank you to your Friendship

友情の繋がり

米国で同じ留学生の大山捨松、瓜生繁子、アリス・ベーコン、ケアリー・トーマス学長、アナ・ハーツホンなど多くの人との人間関係を築きます。関東大震災で破壊された学校は米国からの支援金で、新しい学校が小平に建てられします。

友人の名前 ……………………………………………………………………

G　*Goal*

Step by step to the Goal

ゴールまで一歩一歩

目的に向かう梅子は急がず、一歩一歩進みます。自分のできることは最善を尽くします。ある時は大胆に行動をしますが、時期を待つ慎重さで、それは実現します。自分の身の丈に合ったことから始め、飛躍のチャンスは見逃しません。

ゴールまでの道 ……………………………………………………………………

著者略歴
こだまひろこ　東京都出身
ウイメンズコミュニティ代表
桐朋学園大学短期大学部卒業
子どもミュージカルのプロデュース・脚本・作詞を手がける。
2015年「ロケット王子の星ものがたり」初演
2016年　サントラ盤ＣＤ制作・作詞「みずいろのほうせき」「しゅっぱつのうた」
2017年「銀座博品館劇場」公演、プラネタリウム「タイムドーム明石」公演
2018年　プラネタリウム「月光天文台」公演
2019年「米国・ワシントンＤ.Ｃ.」公演

小説《しょうせつ》　津田梅子《つだうめこ》　ハドソン河《がわ》の約束《やくそく》
米国女子《べいこくじょし》留学生《りゅうがくせい》による近代女子《きんだいじょし》教育《きょういく》への挑戦《ちょうせん》

著　者
こだまひろこ

発 行 日
１刷　2021年９月25日
３刷　2024年10月15日

発行　株式会社新潮社 図書編集室
発売　株式会社新潮社
〒162-8711 東京都新宿区矢来町71
電話 03-3266-7124

印刷所
錦明印刷株式会社
製本所
加藤製本株式会社

ISBN978-4-10-910202-5　C0093